Sous ses doigts

Tome 1 :
Le secret
de Claire

Emilie Goudin-Lopez

SOUS SES DOIGTS

Tome 1 :

LE SECRET
DE CLAIRE

Emilie Goudin-Lopez

www.soromance.com

À ma sœur

Chapitre 1

2019

Partie de Bruxelles à 9h du matin, il était 20h passées quand Claire franchit le portail de la propriété familiale. Les fenêtres de la maison étaient éclairées, et dans la fraîcheur de cette nuit d'hiver, la jeune femme aurait pu croire qu'elle venait passer un joyeux Noël en famille. Mais aucune guirlande lumineuse ne pendait au balcon, aucun sapin ne brillait derrière les carreaux ; en ce mois de février, les illuminations égayant les nuits trop longues étaient rangées depuis déjà longtemps.

Claire enfila son manteau, qu'elle avait jeté sur le siège passager, et sortit de sa voiture, faisant craquer la neige glacée sous ses semelles. Il avait plu la veille, et l'épais manteau blanc tombé les semaines précédentes s'était réduit et avait durci jusqu'à devenir une croûte sale, juste bonne à s'écorcher les mains.

Frissonnante, la jeune femme contourna son véhicule pour tirer du coffre son sac de voyage, dont la bandoulière était rompue depuis des temps immémoriaux, et un bouquet de fleurs en pot, des bruyères et des conifères minuscules, pour la tombe de sa mère.

Ainsi encombrée, elle monta la dizaine de marches qui contournait la maison et d'un coup d'épaule, sans se donner la peine de frapper, ouvrit la porte d'entrée.

— Papa ! C'est moi ! cria-t-elle à la volée, en tapant des pieds sur le tapis pour décrocher la glace de ses converses.

Elle entendit le frottement des chaussons sur le carrelage avant d'apercevoir son père, qui arrivait du salon. Claire ne put s'empêcher de constater combien il avait vieilli. Depuis la mort de sa femme, un an auparavant, il avait cessé de faire de l'exercice, pris du poids et portait toujours les mêmes pantalons de velours informes ; à l'image de la maison et du jardin, qu'il n'entretenait pas davantage.

Georges posa affectueusement la main sur l'épaule de sa fille et se pencha pour l'embrasser. Les mains chargées, cette dernière lui rendit sa bise avant de lui remettre la lourde vasque fleurie.

— Tu es seul ? Cécile ne devrait pas déjà être là ?

— Elle a appelé, elle a travaillé tard. Elle a quitté Lyon il y a un peu plus d'une heure et doit passer par Annecy chercher son copain avant de venir. Elle ne devrait plus tarder.

Claire ne fit pas de commentaire, mais leva les yeux au ciel alors qu'elle retirait ses chaussures. Une heure et demie de route entre Lyon et Annecy, seulement une demi-heure de plus jusqu'à Saint-Ferréol et malgré ça, sa sœur trouvait encore le moyen de se faire attendre… Cécile nierait, bien sûr, mais Claire était convaincue que cette dernière n'aimait rien autant que de soigner son entrée. La présentation du Boyfriend-Dernier-Du-Nom n'allait pas améliorer les choses… Cécile serait en démonstration tout le weekend, tout en gloussements et en frivolités.

— Est-ce que tu as dîné ? demanda la jeune femme à son père, en trouvant la cuisine vide et froide.

Derrière elle, il haussa les épaules, tel un enfant pris en faute.

Claire fit une grimace :

— Papa ! Est-ce que tu as fait les courses au moins ?

Le réfrigérateur lui parut en deuil, lui aussi. Quelques yaourts, des plats tout prêts, des œufs largement périmés et un sachet en plastique contenant les restes d'une salade flétrie. Claire jeta ce qui devait l'être.

— Papa, tu ne peux pas te laisser mourir de faim comme ça ! Tu savais parfaitement cuisiner, avant. Les rôtis de Noël, les pâtisseries, les tourtes et les gratins, c'était toujours toi. Qu'est-ce qui te prend ?

— Tu sais bien... marmonna le sexagénaire en détournant les yeux. Cuisiner quand on est tout seul n'a pas beaucoup d'intérêt.

Une profonde tristesse serra le cœur de Claire. Bien sûr qu'elle savait que son père était malheureux d'être veuf, mais elle n'en avait pas mesuré l'ampleur. Elle murmura alors :

— Papa, depuis combien de temps est-ce que tu vivotes comme ça ? Ça a empiré à cause de la date anniversaire ou est-ce que ça dure depuis un an ? Tu aurais dû nous en parler...

Georges prit place à la table de la cuisine.

— Vous avez toutes les deux votre travail et vos vies. Je ne voulais pas vous inquiéter.

« Mauvais calcul », songea Claire.

La maison et le jardin étaient abandonnés, son père dépressif au point de se laisser mourir à petit feu. Elle aurait pu tenter d'endiguer cette spirale sinistre avant que ça ne prenne de telles proportions. Mais comment ? Elle vivait si loin...

Aujourd'hui néanmoins, elle était là. Elle se redressa et s'empara de la bouilloire pour préparer un thé parfumé.

— Pour ce soir, je commande des pizzas. Toi, tu vas allumer un feu dans la cheminée et réchauffer tout ça. Il n'est pas question que Cécile et son copain débarquent dans cette maison glaciale. Demain matin, nous établirons ensemble les menus de la semaine et nous ferons les courses. Et ensuite...

Elle s'assit en face de son père et lui prit doucement la main avant de continuer.

— Ensuite, tu vas nous montrer tes comptes. Il faut embaucher quelqu'un pour s'occuper de toi : une aide à domicile ? Je vais devoir rentrer à Bruxelles et Cécile à Lyon. Tu ne peux plus rester tout seul... plus après ce que j'ai vu.

— Et toi ?

Claire sursauta à la question de son père. De quoi parlait-il ?

— Et toi, tu es encore seule ? répéta-t-il. Pas de fiancé à me présenter ?

Un fiancé... La blague ! Son père était la dernière personne à qui elle avait envie d'expliquer qu'elle s'envoyait en l'air par amusement autant que par ennui avec son colocataire Riad. Elle ne l'aimait même pas. La baise était bonne, tant que ça durait. Contrairement à Cécile, Claire ne s'attachait pas. Elle se lassait trop vite. À croire que personne n'était à la hauteur... Sa sœur au contraire ne supportait pas le célibat et ne restait jamais seule longtemps. Claire était habituée au défilé des *boyfriends*, toujours annoncés en grande pompe, comme si cette fois c'est sûr, cette fois c'est le bon, c'est le prince charmant. Chaque rupture avait une saveur d'apocalypse... jusqu'à la rencontre suivante.

— Non papa, pas de fiancé pour le moment. De toute façon je n'ai pas le temps pour ça, j'ai trop de travail. Je suis en plein bouclage d'ailleurs, j'ai amené mon ordi, ma tablette graphique et mon écran. Est-ce que je pourrai m'installer dans le bureau ?

George hochait la tête pour acquiescer quand la lueur d'une paire de phares illumina les fenêtres de la cuisine. Il se leva en souriant, contempla la cuisine illuminée, la théière fumante et les flammes dans la cheminée. Il faisait bon. C'était comme si Claire avait métamorphosé la maison par sa seule présence.

— Merci ma grande, dit-il simplement. Je suis contente que tu sois venue de Belgique malgré ton travail.

— C'est normal, papa. Maman me manque à moi aussi, tu sais.

La glace crissa sous les pas des arrivants et l'instant suivant, la porte d'entrée s'ouvrit sur Cécile, blonde et resplendissante, suivie de près par un jeune homme aux épaules larges et aux cheveux très bruns.

— Salut frangine ! s'exclama la jeune femme en ôtant son bonnet. Pas fâchée d'être arrivée !

Elle était radieuse, et fit un pas sur le côté pour laisser approcher son fiancé.

— Tu te rappelles de Tom Leroy ?

Mais Claire ne répondit pas.

La bouche entrouverte, la main figée dans un geste de bienvenue, elle demeura clouée sur place, le regard soudain vide. Dans sa poitrine, elle avait l'impression que son cœur venait d'exploser.

***

2006

C'est courant septembre 2006 que Claire Pasteur posa pour la première fois les yeux sur Tom Leroy. Elle entrait en sixième, le sac flambant neuf sur le dos, distancée par sa grande sœur Cécile dès la descente du bus. Quelle corvée pour une élève de troisième de se coltiner cette gamine !

Cécile s'était allumé une cigarette sur les marches de l'établissement, et Claire l'avait regardée avec épouvante :

— Tu fumes ? Mais papa l'a interdit !

— Lâche-moi, Claire ! T'es qu'une gamine, tu peux pas comprendre. Retourne jouer à la Barbie.

— On verra si tu feras la maline quand je vais le dire ! siffla Claire, humiliée, en s'éloignant à grands pas.

Mais sa sœur la rattrapa par le coude et la contraignit à lui faire face.

— Si tu parles, je te jure que tu vas le regretter toute ta vie. N'oublie pas que mes potes et moi, on est en troisième. On peut faire de ton année un enfer, alors tiens-toi à carreau !

Une voix masculine, au timbre encore jeune, s'éleva dans leur dos :

— Salut Cécile. Alors la voilà, la fameuse petite sœur ? Elle n'a pas l'air si terrible.

Cécile relâcha Claire et les deux adolescentes se tournèrent face au garçon qui venait d'approcher. Il était grand, le visage long, les cheveux noirs en mèches qui retombaient sur ses yeux, le sac négligemment jeté sur une épaule.

— Salut, Tom, sourit Cécile.

Elle tendit une joue, ils se firent la bise.

— Passe une clope, dit Tom, et Cécile tira un paquet de son sac, qu'elle lui remit.

Il en saisit une, l'alluma à son briquet.

Claire n'avait plus dit un mot. Elle n'entendait plus la rumeur de la foule sur la place, en ce jour de rentrée. Le monde était soudain devenu flou.

Devant elle se tenait le plus séduisant jeune homme qu'il lui ait été donné de voir. Il ne lui parut pas « beau » à proprement parler, c'était… autre chose. Une allure. Une audace. Le sweat noir au col détendu qui laissait entrevoir la ligne de son épaule ; le jean usé, ajusté sans être moulant ; les boots montantes un peu punk. Des mains immenses, des cheveux trop longs, un regard dense comme des grains de café, et une fossette au creux de la joue, alors qu'il réalisait que cette gamine toute maigrichonne le dévorait des yeux.

Cécile leva les yeux au ciel :

— Viens, Tom, on s'arrache.

Puis sans attendre de réponse, elle tourna les talons. Tom lui emboita le pas, mais accorda à Claire un dernier regard par-dessus son épaule :

— Salut, la petite sœur de Cécile Pasteur. Bonne journée !

« La petite sœur de Cécile Pasteur. »

Cécile, avec ses seins tendres de jeune fille, sa taille fine, ses jambes immenses, ses poils pubiens qu'elle rasait en faisant exprès d'en laisser dans la douche pour crâner sur sa métamorphose… et qui régnait sur la maison, infiniment plus jeune et plus cool que leurs vieux schnocks de parents ; immensément plus femme et plus insolente que Claire la ridicule, la mioche à la queue de cheval et aux posters de Harry Potter sur les murs de sa chambre.

Claire n'avait jamais vraiment envié sa sœur. Le genre qu'elle se donnait et ses crises insensées contre l'autorité de leurs parents l'avaient jusqu'alors plutôt fait rire. Elle n'était pas pressée d'être frappée à son tour par la puberté, dans ces moments-là : son aînée lui paraissait complètement à côté de la plaque.

Mais à l'instant où Tom avait posé les yeux sur elle, sur sa silhouette chétive et son cartable de fillette, Claire avait eu honte. Il l'avait regardée comme un petit animal mignon. Un chaton. Un porcelet ? Quelque chose de vaguement émouvant, mais dont on se lasse vite et qu'on oublie à l'instant où on détourne le regard.

Tom n'accordait pas cette condescendance à Cécile qui riait à gorge déployée et jetait ses cheveux blonds en arrière d'un geste maîtrisé. Un sentiment nouveau tordit le ventre de l'adolescente : pour la première fois, elle ressentit les affres de la jalousie.

Hélas, elle comprendrait bien vite que le collège était régi par des lois tacites dont personne ne s'affranchissait. Parmi ce code d'honneur inflexible, deux règles non-dites allaient faire de l'année de Claire un enfer. La première, celle qui interdisait aux élèves les plus âgés de fréquenter les minus de sixième ; la seconde, celle qui faisait du cadet d'une fratrie le souffre-douleur de l'aîné.

Ainsi tous les matins, Cécile et Claire quittaient la maison en même temps pour se rendre à l'arrêt du bus. Mais dès qu'elles étaient hors de vue, Cécile prenait ses distances.

« Vas-y, je suis pas ta baby-sitter ! Reste pas dans mes jambes ! »

Alors Claire marchait devant, ou derrière, comme si c'était le hasard qui les avait mises sur le même trottoir, comme si elles ne se connaissaient pas du tout. Dans le bus, sa sœur retrouvait des camarades de classe, elle faisait le tour des bises, ça cancanait sur le prof de ceci qui était faux-cul ou sur l'élève untel qui avait été largué par sa copine. Claire restait à distance, les écouteurs sur les oreilles.

Dès l'arrivée au collège, sa sœur ne lui accordait plus un regard ; Claire devenait invisible. Et de loin, elle regardait Cécile continuer son rituel de bonjours et de bises, de rires de gorge et d'échange de cigarettes ; mais ce n'était pas Cécile qui intéressait la fillette d'à peine onze ans. C'était Tom, toujours placide, un peu émo, bien que souriant, qui glissait une main dans ses cheveux et faisait découvrir de nouveaux groupes de musique à la petite cour qui se formait immanquablement autour de lui. Il allait sans dire que c'était le mec le plus cool du collège. Toutes les filles étaient amoureuses de lui, Cécile et Claire parmi la multitude. Mais s'il avait pour l'aînée des sœurs Pasteur des œillades et des chewing-gums, ses yeux glissaient sur la cadette sans paraître la voir.

« Si seulement j'avais des seins » songeait Claire en se tordant devant son miroir, serrant contre sa poitrine juvénile les soutiens-gorge délicats volés dans les tiroirs de sa sœur.

« Si seulement j'étais blonde comme elle. »

« Si seulement je savais rire comme elle le fait. »

…

« Alors peut-être que Tom Leroy me regarderait, moi aussi. »

Il était venu à la maison, un après-midi.

Quand Cécile l'avait annoncé, Claire en avait perdu le sommeil. Est-ce qu'il lui ferait la bise à elle aussi ? Est-ce qu'il sentirait bon ? Elle avait imaginé lui montrer sa chambre, lui présenter ses mangas préférés, peut-être lui demander quelle musique il écoutait, et s'il voulait faire une partie de Mario Kart.

Hélas, rien ne s'était déroulé comme prévu. Claire avait à peine eu le temps d'apercevoir Tom dans le couloir, que Cécile l'avait entrainé dans sa chambre à elle, fermé à clé et mis la musique trop fort. L'après-midi s'était déroulé en jouant mollement au Monopoly avec Maman qui faisait semblant d'être détendue et Papa qui, lui, ne faisait même pas l'effort de dissimuler son anxiété. Un garçon, avec leur fille. Elle avait à peine 15 ans ! Est-ce qu'il était fréquentable, ce jeune homme ? Et que faisaient ses parents ?

« Il a 15 ans, il écoute du métal, il a un piercing dans l'arcade sourcilière, ses parents sont divorcés, il a surtout de mauvaises notes, il fume et des fois, il fait des gestes obscènes pour faire glousser les filles ».

C'était ce que Claire aurait voulu répondre.

Papa aurait mis Tom à la porte, interdit à Cécile de le fréquenter, et Claire aurait été vengée de plusieurs mois d'humiliations ordinaires. Mais ça voulait dire perdre Tom à tout jamais. Et ce sacrifice-là, Claire n'était pas prête à le faire. Mieux valait Tom avec sa sœur que loin d'elles !

Mais en fin d'après-midi, Tom était rentré chez lui, et Cécile avait rejoint la table du dîner le nez rouge et les yeux bouffis. Elle avait boudé des jours durant. Pour la première fois, Claire avait ressenti une peine sincère pour sa sœur. Qu'est-ce qui n'avait pas fonctionné entre eux ?

Et elle, qui rêvait la nuit d'un premier baiser avec Tom et sentait son corps réagir à cette seule idée, saurait-elle surmonter une telle déception amoureuse ? Comment se remettait-on de cet homme-là ?

***

2019

— Salut Claire, dit Tom avec un sourire. Ça fait longtemps. Tu vas bien ?

Claire ouvrit et referma la bouche plusieurs fois, la gorge nouée et le cerveau soudain embrumé. Elle sentait ses tempes cuire, son cœur battre fort dans sa poitrine. Quelque chose dans son ventre s'enflamma et elle craignit un instant d'avoir fait pipi.

— Tom. Je… oui. Oui ça fait longtemps.

Il se tenait devant elle, amorça un geste pour lui faire la bise. Elle tendit la joue, ferma les yeux. Il était rasé de près, ses joues étaient tendres.

Imperceptiblement, Claire huma son parfum et réprima un gémissement. Elle n'avait pas anticipé que sa sœur puisse débarquer pour l'anniversaire de la mort de leur mère au bras de Tom *fucking* Leroy.

Elle n'avait pas anticipé qu'il puisse un jour être son fiancé.

Son fiancé.

Merde.

— Bonjour jeune homme, dit Georges en approchant à son tour, on se connait, non ?

Le jeune homme serra chaleureusement la main qu'on lui tendait, et passa ensuite ses doigts dans ses cheveux.

— Oui, dit-il enfin. Je suis déjà venu ici, il y a longtemps. On était au collège.

Tom retira ses chaussures — des boots à semelles crantées — et saisit les chaussons Ikea que Cécile tirait de la penderie du couloir. Le petit groupe se réunit dans le salon, face à la cheminée. Georges prit naturellement place dans son fauteuil, Cécile s'installa à la place de Marie-Jeanne, leur mère, dans celui d'en face. Tom s'assit sur le canapé, parmi les coussins ; Claire, qui avait fait un détour par la cuisine pour chercher le service à thé, arriva en dernier, un plateau à la main. Elle les déposa sur la table basse et entreprit de remplir les tasses, l'air concentré.

— Viens t'assoir ma chérie, lui dit son père en lui désignant la dernière place libre à côté de Tom.

— Ça va, papa. Je vais attendre le livreur de pizza, il ne devrait pas tarder.

Elle ne lui laissa pas le temps de protester et se précipita dans la cuisine.

— Où vas-tu ? lança Georges depuis le salon.

— Je cherche… des biscuits. Pour tremper ! mentit-elle.

La vérité, c'était qu'elle n'arrivait pas à respirer. On lui demandait de s'assoir dans les coussins à côté de Tom Leroy ; c'était tout simplement au-dessus de ses forces.

Dans l'obscurité de la cuisine, Claire couvrit son visage de ses deux mains. Ses yeux brûlaient. Sa peau était à vif. Qu'est-ce qui lui prenait ? Tom et elle, c'était de l'histoire ancienne. Elle n'avait plus pensé à lui depuis des années, il était sorti de sa vie, elle avait refait la sienne ailleurs, à des centaines de kilomètres, en Belgique. Elle avait fait de nouvelles rencontres, construit de nouvelles amitiés, vécu de nouvelles amours.

À quoi bon se mettre dans des états pareils ?

Elle rentrerait à Bruxelles dès lundi. D'ici là, elle s'occuperait de son père et de la commémoration de la mort de leur mère… au pire, elle travaillerait ! Elle avait apporté son ordinateur, son écran et sa tablette ; avec l'album à boucler pour dans dix jours, elle tenait un prétexte en or pour s'enfermer dans sa chambre et refuser toutes relations sociales.

Elle devait dissimuler son trouble pendant quarante-huit heures, rien de plus. Georges, Tom et Cécile ne devaient se douter de rien. Elle pouvait y arriver.

La sonnerie de la porte d'entrée la tira de sa torpeur et Claire se précipita pour ouvrir au livreur de pizza qui lui tendit quatre larges boîtes en carton. Elle paya, referma la porte, et se força à respirer calmement.

— Les pizzas sont là ! cria-t-elle, et son annonce fut suivie du raclement des fauteuils sur le carrelage.

L'instant d'après, toute la famille était réunie dans la cuisine, ouvrant les boîtes, distribuant des assiettes, sortant des verres du placard et des bières du réfrigérateur.

— Laisse-moi faire, dit Tom poliment, en prenant les assiettes des mains de Claire.

Il avait des mains immenses. Ses doigts recouvrirent ceux de la jeune fille, qui n'osa pas les retirer de peur de lâcher la vaisselle. Elle retint son souffle, leva les yeux, croisa son regard.

Il était encore plus beau que dans son souvenir. C'était un homme, à présent. L'adolescent mal dégrossi s'était métamorphosé en un adulte immense, large, au regard pétillant. Il avait quelque chose de nouveau, une aisance qu'elle ne lui connaissait pas. Il était visiblement bien dans sa peau, sûr de lui et de son charme.

« *Big Dick Energy* » songea Claire, et elle s'empourpra violemment.

Qu'est-ce qu'il lui prenait de penser au pénis de Tom ? Elle devait impérativement garder la tête froide, mais plus elle tentait de chasser le fil de ses pensées, plus elle s'y engluait. Il sourit. Il avait l'air de trouver la situation hilarante. Est-ce qu'il lisait dans ses pensées ? Est-ce qu'elle était flagrante à ce point ?

La honte absolue.

Claire détourna les yeux et retira vivement ses mains, laissant les assiettes à Tom, comme il le lui avait demandé.

Elle prit place à table à côté de son père et se servit une part de pizza.

— Tu es du coin alors, Tom ? demanda Georges en s'essuyant la bouche.

— Oui, j'étais dans le même collège que vos filles. J'ai passé mon bac ici et j'ai fait ma prépa à Champollion, à Grenoble.

— Médecine ?

— Vétérinaire. J'ai fait l'ENVL et maintenant, je suis à Seynod.

— Un gars du cru, alors. Pas comme mes filles, qui sont toutes les deux parties à la ville !

Cécile protesta, la bouche pleine :

— Ça va, je suis à Lyon, c'est pas non plus le bout du monde !

— Toi peut-être, répondit Georges. Mais celle-là…

Et du menton, il désigna Claire, qui manqua de s'étouffer sur sa part de pizza. Tom saisit la perche :

— Tu habites où maintenant, Claire ? Paris ?

— Bruxelles, répondit-elle en déglutissant.

Tom haussa les sourcils, attendant qu'elle continue, mais elle mordit de nouveau dans sa part de pizza comme pour refuser de poursuivre cette conversation. Il insista :

— Pourquoi Bruxelles ? Tu fais quoi là-haut ?

« Je suis partie pour t'oublier, pour construire ma vie le plus loin possible, pour repartir en terrain neutre. »

— Je suis dessinatrice.

— Dessinatrice ! J'aimerais bien voir ce que tu fais. Tu as une page pro ?

— J'ai un book en ligne, oui.

L'usage aurait voulu qu'elle lui donne des noms de sites, des références Tumblr ou Instagram, mais elle n'en fit rien. Après un silence, Tom demanda encore :

— Et tu vis seule ?

Est-ce que c'était une façon détournée de lui demander si elle avait un copain ?

Claire releva les yeux. Tom soutint son regard, et au même moment, elle crut sentir quelque chose lui toucher la cheville, sous la table. Son ventre s'enflamma. Elle aurait juré qu'il lui faisait du pied. Le souffle court, elle recula sa jambe et la coinça sous sa chaise.

— Non, je vis avec mon copain, il s'appelle Riad. On a fait nos études ensemble.

Elle avait parlé à toute vitesse, mais son père se tourna vivement vers elle :

— Mais qu'est-ce que tu racontes, Claire ? Tout à l'heure tu m'as dit que tu n'avais personne !

Claire grimaça. On pouvait toujours compter sur papa pour vendre la mèche ! Elle fit semblant de ne pas l'avoir entendu, et jeta un regard à Tom. Il la regardait avec un sourire en coin. De toute évidence, il voyait clair dans son mensonge.

Les prochaines 48 heures allaient être longues.

Chapitre 2

Repus, les doigts collants, les lèvres grasses, tous les quatre avaient fait un sort aux pizzas. Claire se leva pour réunir les quelques parts rescapées dans une unique boîte, plier et jeter les cartons.

— Je sors fumer, annonça Cécile, en fouillant dans son sac pour en tirer son iPhone ainsi qu'un paquet de cigarettes kaki imprimé d'une photo peu ragoûtante.

Tom se pencha sur elle et l'embrassa sur les lèvres.

— À tout de suite.

Claire se fit violence pour ne pas détourner les yeux.

— Tu ne vas pas avec elle ?

— Je ne fume plus.

Leurs conversations semblaient condamnées à rester ainsi succinctes, car il lui tourna le dos pour mettre les assiettes dans le lave-vaisselle. Claire en fut inexplicablement vexée. Elle préférait quand il essayait de la faire parler et qu'elle choisissait ce qu'elle acceptait de lui jeter comme miettes de son existence, et non l'inverse.

Très bien ! Qu'il l'ignore. Ça lui simplifierait la tâche. Elle n'irait pas lui courir après.

— Bon, je vais vider ma voiture, dit-elle en se dirigeant à son tour vers l'entrée où étaient rangées les chaussures.

— Besoin d'un coup de main ?

« Pas de toi, non »

— Ça ira, c'est juste un peu de matériel informatique. Je préfère le savoir au chaud et au sec, il y a tout mon album en cours dedans.

— Je vais t'aider.

Ce n'était pas une question ; l'instant d'après elle était dehors, et il lui emboitait le pas. Ils passèrent devant Cécile, qui était assise sur une des chaises de jardin, sous le bouleau aux branches nues, et fumait en faisant glisser son pouce sur l'écran de son iPhone.

Claire déverrouilla sa voiture à distance, ouvrit le coffre.

— Tiens puisque tu es là, prend l'écran, dit-elle en désignant le matériel. Je m'occupe du laptop et de la tablette.

Tom, dans son dos, se pencha pour accéder à la voiture. Claire sentit son souffle chaud contre sa nuque caresser le fin duvet sur sa peau. Les bras chargés, ils montèrent de nouveau les marches qui menaient à la maison.

— Pourquoi est-ce que tu as amené tout ton matos avec toi ? demanda-t-il.

— Je suis en plein bouclage, je dois rendre un album dans moins de deux semaines. Il faut absolument que j'avance !

Une fois à l'intérieur, ils déposèrent avec soin le matériel pour ôter leurs chaussures. Le bout de la cigarette de Cécile rougeoyait sous les arbres.

— Tu dessines entièrement en numérique ?

— Là c'est un job de « colo » pour Casterman. Ça rapporte de l'argent plus facilement que les projets de BD qui ne mènent à rien. Mais c'est tendu, les délais sont très courts.

— Est-ce que tu vas travailler toute la nuit ?

« Toute la nuit ».

Cette phrase déclencha en elle une salve d'images érotiques, des souvenirs d'un baiser passé, des souffles brûlants, des fantasmes. Ce qui aurait pu être.

Ce qui ne serait jamais.

— Je ne sais pas. Mais je vais essayer de faire au moins deux planches d'ici demain, oui.

— Je vais préparer du café, dans ce cas.

C'était la première chose qu'il lui disait sans qu'elle ne puisse y déceler un sous-entendu ou une arrière-pensée. Juste un mot gentil.

— Bonne idée. Merci.

Il lui sourit en retour, et Claire observa les ridules de malice au coin de ses yeux.

Comment pouvait-il être aujourd'hui plus séduisant que quinze ans auparavant ? La trentaine lui allait à ravir...

La jeune femme installa son matériel dans le bureau, poussant les papiers de son père ; les permis de pêche, les livres d'étude des champignons, les guides sur les plantes sauvages des sous-bois. Il aimait tant le grand air, avant... Il partait plusieurs jours en randonnée, pêchait à la mouche dans des torrents de montagne, se levait avant l'aube pour tenter d'apercevoir des chevreuils à la lisière de la forêt, derrière la maison. Ça ne lui ressemblait pas d'être ainsi casanier, enfermé derrière ses volets clos. Depuis la mort de Marie-Jeanne, il paraissait n'être que l'ombre de lui-même.

La soirée s'acheva tranquillement. Depuis le bureau, dont elle avait laissé la porte entrouverte, Claire écoutait d'une oreille distraite Cécile raconter à leur père comment elle avait renoué avec son ancien ami d'adolescence. Les réseaux sociaux, un ami d'ami d'ami... Tom Leroy, perdu de vue depuis plusieurs années. Une histoire banale, finalement. Ils avaient discuté en ligne, pris un verre à l'occasion d'une visite de Tom à Lyon, et le reste s'était fait tout seul.

Ils avaient été dans la même classe, ça expliquait la reprise de contact ; Claire n'avait pas cherché sur Facebook ses anciens camarades, elle n'y avait même pas pensé. Ils ne lui manquaient pas. Elle conservait de ses années collège et lycée un souvenir flou de relations toxiques, amitiés éphémères, bouderies des semaines durant.

Avec le recul, le point culminant de son adolescence avait été son amour dévorant pour Tom, l'éveil de ses sens et la découverte du désir, dans le plus grand secret. Elle n'en avait jamais parlé à personne, et certainement pas à Cécile.

Difficile de reprocher à son aînée de lui « voler » son grand amour...

Cécile n'en avait jamais rien soupçonné et il fallait que ça reste ainsi.

Son père vint lui souhaiter bonne nuit, puis Cécile et Tom, d'un geste amical par l'entrebâillement de la porte.

— Pense à dormir un peu, souffla ce dernier, et Claire sourit poliment.

Elle avait du café, de la musique, et toute la nuit devant elle. Elle travailla longtemps, concentrée sur son écran. Se plonger dans le travail lui permit de prendre ses distances, le temps d'une nuit, avec la tornade qui avait secoué ses sens dans les dernières heures.

Elle n'avait pas vu venir Cécile et son Tom Leroy. Elle s'en voulait d'être aussi sensible sur la question. Quoi qu'il y ait eu entre Tom et elle, c'était bien terminé. Et pourtant, fut un temps, il l'avait embrassée avec une telle passion qu'elle en avait pleuré de bonheur. Malgré la distance, malgré les années, elle ne s'en était pas remise. Et elle réalisait ce soir combien elle s'était fourvoyée : toutes ces années, avec ses amants et ses petits amis, elle avait fait semblant.

La seule idée de faire l'amour avec Riad lui arracha une grimace.

Elle aurait l'impression d'être infidèle à Tom... Ça allait trop loin.

— Et bien je ne suis pas dans la merde... soupira-t-elle avec lassitude.

— Ta colo ne se présente pas bien ?

Claire sursauta.

C'était Tom qui avait parlé. Il se tenait appuyé contre le chambranle de la porte, une tasse fumante entre les doigts. Elle ne voyait pas son visage, simplement sa silhouette se découpant dans la lueur du couloir.

— Tu ne dors pas ? demanda-t-elle. Quelle heure est-il ?

— Deux heures et demie. Je t'ai fait du café. Tu ne comptes pas aller te coucher du tout ?

Il s'avança et déposa la tasse sur la table. Claire huma le parfum du café.

— Tu l'as sucré ?

— Oui.

— Tu es parfait.

— Je sais.

Elle avait dit ça comme une boutade, mais la réponse de Tom lui parut trop sérieuse. Elle sentit qu'elle rougissait, encore. Claire reposa son stylet et se frotta longuement les paupières, les coudes sur la table. Tom contourna le meuble et tira un tabouret pour venir s'assoir à côté d'elle.

— Et toi, tu ne dors pas ? murmura Claire, s'abandonnant contre son épaule.

Elle était trop fatiguée pour lutter. Elle était trop secouée pour prétendre. Le bras de Tom vint se glisser contre son dos et l'attirer contre lui. Ils demeurèrent ainsi longuement, en silence.

Les doigts de Tom délicatement, effleuraient l'épaule de Claire, dessinant des sillons brûlants. C'était un geste tendre, presque fraternel. Elle ferma les yeux, se laissant aller contre son torse. Il était chaud, doux, protecteur, réconfortant. Elle s'y sentait à sa place.

— Je suis content de te revoir, souffla-t-il. Tu m'as manqué.

***

2009

C'était le premier jour des vacances pour les élèves de terminale. Le bac était fini, on attendrait les résultats durant deux semaines.

Toute la bande des anciens du lycée d'Ugines s'était donné rendez-vous au bord du lac d'Annecy, pour un après-midi de baignades. Il faisait chaud et sec, le temps était parfait.

Dans sa sacoche, Tom transportait des cigarettes, un peu de cannabis aussi, et des canettes de bière. Il était venu en mobylette, et se redressa en apercevant le bus qui arrivait de Saint-Ferréol. Son visage s'éclaira comme en descendaient les garçons et les filles de la promotion 2009. Des élèves du village, avec qui il avait partagé sa scolarité depuis la maternelle, pour la plupart. Edouard, Gwendoline, Jeanne, Rodolphe… Et Cécile bien entendu, suivie de près par sa petite sœur.

Tom fit un geste interrogatif des mains, auquel Cécile répondit d'une grimace exaspérée.

— Je suis saoulée, déclara cette dernière en guise de bonjour. Mes parents m'ont obligée à l'amener. C'était soit ça, soit je ne venais pas du tout.

Dans son dos, Claire haussa les épaules, boudeuse. Elle n'avait pas demandé à être là, elle non plus. Elle savait d'expérience que s'imposer à son aînée n'apportait jamais rien de bon. L'après-midi s'annonçait sinistre, mais ça ne serait rien à côté de ce que Cécile lui ferait subir ensuite par vengeance.

Tom se pencha sur le côté pour observer Claire, qui avait détourné les yeux et reluquait les graviers, les lèvres pincées. Elle avait bien grandi, la gamine ! C'était une vraie adolescente à présent, avec une poitrine menue qui pointait sous son t-shirt, et les joues piquées de taches de son.

— T'as quel âge, la petite sœur de Cécile ? demanda-t-il, plus abruptement qu'il ne l'aurait souhaité.

— J'ai un prénom, et j'ai 14 ans.

Cécile fit sans y réfléchir un pas sur le côté pour leur permettre de discuter.

Tom avait encore grandi et dépassait toutes les filles de plus d'une tête. Il portait du noir, des t-shirts de groupes de rock, des jeans râpés. Sur ses avant-bras étaient dessinés ses premiers tatouages. Claire identifia un masque de Dark Vador, une tête-de-loup, une constellation qu'elle ne reconnut pas.

Du plat de la main, il la contraignit à lui faire face. Claire recula vivement, comme si ce contact l'avait brûlée. Il aurait juré qu'elle avait rougi et la trouva jolie. Dommage qu'elle ne soit qu'une gamine. Avec quelques années de plus, elle aurait pu lui plaire... elle deviendrait une femme séduisante, en grandissant encore un peu.

— Okay, comment tu t'appelles, alors ?

— Claire.

— Très bien, Claire. Puisque tu es là, tu vas rester avec nous, mais à une condition.

Elle leva les yeux, curieuse. Constatant qu'il avait son attention, Tom continua :

— Tu dois jurer de ne jamais raconter à tes parents les détails de cet après-midi. Tu leur diras qu'on a acheté des glaces, qu'on s'est baignés, ce genre de choses. D'acc ?

— Pourquoi ? interrogea Claire. Qu'est-ce que vous comptez faire ?

— Des trucs qui ne sont ni pour les gamines ni pour les balances. Est-ce que tu es l'une ou l'autre ?

L'adolescente secoua vivement la tête. Tom sourit.

— Alors c'est parfait. Viens, on va s'assoir un peu plus loin sur la berge.

— Je me méfierais si j'étais toi, siffla Cécile dans leur dos. C'est une pisseuse.

— On verra, répondit simplement Tom en entrainant Claire avec lui, une main posée entre ses omoplates. Elle te surprendra peut-être...

Ils se baignèrent effectivement.

Tom s'entrainait tous les jours, faisait des pompes, avait fixé une barre de traction dans la porte de sa chambre, chez son père. Il savait qu'il était beau gosse. Il savait qu'il plaisait aux filles. Aux garçons aussi d'ailleurs ; les regards que lui jetait Edouard étaient sans équivoque. Il saisit son t-shirt par le col pour le faire passer par-dessus sa tête et entendit soudain Claire se mettre à tousser. Elle tenait une bouteille d'eau à la main, avait visiblement avalé de travers.

Cécile ne fit pas un geste pour venir en aide à sa sœur et levait les yeux au ciel d'un air agacé.

En trois pas, Tom fut auprès de Claire, lui tapa dans le dos.

— Ça va ?

Ils étaient presque nus. L'adolescente portait un maillot deux pièces dont les triangles dissimulaient une poitrine minuscule. Il eut envie d'y mordre, comme on croquerait dans un chocolat, et s'en voulut d'avoir des pensées aussi obscènes vis-à-vis d'une fille qui n'était même pas encore une femme. Il s'en voulut aussi pour Cécile, qu'il avait repoussée quand ils étaient au collège, et dont il savait qu'elle avait encore un crush sur lui ; elle était simplement incapable de le dissimuler...

Le petit groupe s'installa en cercle, on fit tourner les bières, et un joint aussi. Claire fit mine de refuser et Tom haussa un sourcil. Allait-elle se dégonfler ? Soutenant son regard, elle referma les lèvres sur le mégot et inspira. La quinte de toux qui suivit fit hurler de rire le petit groupe de lycéens, à l'exception de Cécile. Cette dernière paraissait ne pas digérer la présence de sa sœur dans ce qui aurait dû être un après-midi privilégié avec sa bande.

— Action ou vérité ?

— Vé... vérité balbutia Claire, les yeux rougis, le sourire absent.

Elle avait encore le joint à la main. Rodolphe s'en empara délicatement avant de poser sa question :

— Est-ce que tu as un crush sur quelqu'un ?

Tom redressa la tête, curieux d'entendre la réponse.

— Oui, dit simplement l'adolescente.

Il réalisa alors que Claire le regardait droit dans les yeux en se mordant la lèvre. Pour la première fois de sa vie, ce fut à son tour d'être intimidé. Assis en tailleur, il bascula les hanches juste ce qu'il fallait pour dissimuler un début d'érection.

« Calme-toi, oh. Elle a 14 ans, putain. »

Le joint tourna, les bières et les questions-réponses aussi.

— Action ou vérité, demanda Jeanne à Tom.

— Action.

— Okay, alors tu vas rouler une pelle à Claire.

Tom sursauta. Tout le monde avait redressé la tête ; Cécile était écarlate.

— Ça ne va pas non ? C'est une gamine ! s'écria l'adolescent.

Au regard que lui jeta Claire, il comprit qu'il l'avait vexée. La gamine en question fronça les sourcils :

— T'as la trouille, Leroy ? Est-ce que t'es moins courageux qu'une fillette comme moi ?

Le groupe siffla avec enthousiasme. « Ouuuuh Tom, elle t'a cassé ! »

Mais il protesta encore :

— Tu ne sais pas ce que tu dis, Claire. T'as déjà embrassé quelqu'un au moins ?

— Viens t'en rendre compte toi-même !

Cette fois, la petite bande applaudit.

Tom sentait ses tempes lui cuire. Pas question de laisser cette fille l'humilier ! Elle ne savait pas à qui elle avait affaire. Alors, descendant sur ses bras, il s'avança jusqu'à elle. Les yeux dans les yeux, il referma l'espace entre eux.

Les lèvres de Claire étaient douces, légèrement tremblantes. Il y glissa la langue, elle le laissa entrer. Le baiser s'approfondit, sous les sifflets des adolescents autour d'eux. Son cœur battait fort. Il savait qu'il avait une érection terrible sous son short de bain, mais n'avait pas le temps d'y penser. La langue de Claire dans sa bouche, leurs salives entremêlées, leurs souffles courts -

— Oui bin ça suffit ! Tu peux relâcher ma petite sœur, maintenant.

C'était Cécile.

Tom se détacha des lèvres de Claire, les sens en feu. *Fuck*, il n'avait pas embrassé comme ça une fille depuis… Il ne s'en rappelait même pas.

Comme il reprenait sa place, Claire lui sourit.

***

2019

Contre son dos, Claire sentait battre fort le cœur de Tom. Est-ce qu'il partageait son émoi ? Ainsi appuyée contre lui, à sentir l'odeur de sa peau, ce souvenir vieux de dix ans lui était revenu avec une précision troublante. Elle revoyait la lumière, les tatouages sur la peau de Tom, le goût de l'eau douce et du tabac dans sa bouche.

Ça avait été son premier baiser.

Et de son existence, le plus mémorable.

Elle supposait que pour Tom, ce baiser n'avait pas eu la même saveur. Il avait certainement embrassé des filles par dizaines, avant. Il était déjà la coqueluche de ces dames au collège, et là, il venait de terminer le lycée. S'était-il jamais douté de l'empreinte qu'il avait laissée sur son corps ? Au fer rouge, plus solide et plus éternel qu'une promesse de mariage. Un baiser, un seul, et elle avait été perdue pour tous les autres.

Mais ça ne signifiait rien. Ce n'était qu'un jeu d'adolescents. Ils avaient fumé du cannabis, ils avaient bu des bières. Par la suite, Tom était parti faire ses études loin de Saint-Ferréol et Claire n'avait plus entendu parler de lui avant plusieurs années.

Et à présent, il couchait avec sa sœur.

Tu parles d'un retour de karma.

— Claire...

Elle battit des paupières, réalisa qu'elle n'était plus sur les berges du lac, mais dans le bureau de son père, devant un écran blafard, et qu'elle s'était assoupie.

La jeune femme se frotta les yeux.

— Tu es en train de t'endormir. Tu ne crois pas que tu serais mieux dans ton lit ?

Elle hocha la tête et enregistra son travail avant d'éteindre l'ordinateur.

Tom emporta la tasse de café froid, referma la porte du bureau derrière eux.

— Où est ta chambre ?

— En haut. À côté de celle de Cécile.

— Alors on monte. Allez. Au dodo ma puce.

Elle rit.

« Ma puce. »

Elle avait 14 ans à nouveau, quand elle était si petite et qu'il était tellement plus grand qu'elle. À jamais hors de sa portée... C'était comme tomber amoureuse d'une étoile.

— Je ne suis plus une gamine, protesta-t-elle gentiment. Je suis majeure et tout.

— Bonne nouvelle, dit-il simplement.

Elle aurait aimé qu'il la prenne dans ses bras, qu'il la porte dans son lit, qu'il la borde.

Qu'il la déshabille et lui fasse l'amour. Mais il n'en ferait rien. Elle était une grande personne et elle ne volerait pas le fiancé de sa sœur. Son histoire avec Tom était condamnée dès leur première rencontre.

Elle en aurait pleuré.

Tom monta l'escalier avec elle, un bras autour de ses épaules. Claire glissa le sien autour de sa taille. Il était large, elle sentait les muscles rouler sous sa peau. Elle aurait voulu le toucher.

Mais c'était impossible.

Arrivés sur le pallier, Claire fit un geste en direction de sa porte.

— Tu veux voir ma chambre ? J'espérais te la montrer quand tu es venu chez nous, il y a longtemps. Mais tu t'es enfermé avec Cécile.

Il eut un sourire triste :

— Je ne crois pas que ça soit une bonne idée que j'entre dans ta chambre, Claire. En tous cas pas comme ça, maintenant.

Elle haussa les épaules :

— Je ne vais rien te faire, ne t'inquiète pas. Ça fait juste treize ans que j'ai décroché les posters de mes murs exprès pour toi. Il est plus que temps que tu y fasses honneur.

— Demain, promis. Bonne nuit.

— Bonne nuit…

Il se pencha pour lui faire une bise ; Claire, obéissant à une impulsion, se dressa sur la pointe des pieds et captura sa bouche.

Elle le sentit tressaillir.

Tom resta figé un instant, comme incrédule, puis quelque chose se rompit — une barrière, sa volonté, ses principes ? – et soudain, il lui rendait son baiser.

Claire sentit ses bras l'enlacer, ses mains s'accrocher à sa peau. Elle lui saisit le visage, glissa les doigts dans ses cheveux, ouvrit la bouche, chercha sa langue. Elle en avait oublié de respirer, emportée par le tourbillon sensuel qui chauffait sa chair et balayait ses dernières réserves.

Le plat de sa main caressa le torse de Tom, descendit sur ses hanches, et n'y résistant plus, glissa longuement le long de l'érection qu'elle sentait durcir contre son ventre.

Tom recula vivement, s'arrachant à leur étreinte. Il s'essuya la bouche du dos de la main, fit un geste comme pour la tenir à distance.

— Claire, je… excuse-moi. J'ai perdu la tête, je n'aurais pas dû faire ça.

— Tom, c'est rien. C'est moi… Je… J'en ai envie depuis si longtemps. Quand tu as franchi la porte de la maison tout à l'heure, j'ai cru que j'allais me liquéfier sur place.

— Justement. Je sors avec ta sœur ! Je ne peux pas lui faire ça. Et toi non plus.

Claire sentit son cœur se briser. Elle n'avait rien calculé, rien prévu. Elle n'avait pas l'intention de voler le fiancé de sa sœur, pas prévu de détruire leur famille, pas choisi de mourir d'amour pour Tom à l'instant où il réapparaitrait dans sa vie. Elle était fichue.

— Tom, souffla-t-elle. Je… tu as raison. Je fais n'importe quoi, je suis fatiguée. On… en reparle demain.

— Oui. Demain. Bonne nuit.

Et sans attendre de réponse, il tourna les talons et franchit la seconde porte : celle de la chambre de Cécile. Claire crut que ses jambes allaient la trahir et qu'elle ne parviendrait pas à atteindre sa propre chambre. Elle se traina pourtant jusqu'à son lit, s'y effondra.

Ses yeux brûlaient, et des larmes amères et irrépressibles inondèrent ses joues.

Elle sanglota longuement, en silence, submergée par la violence de ses émotions.

Cécile ne devait jamais savoir ce qui s'était passé entre eux ce soir. Elle en souffrirait trop. Papa devait l'ignorer aussi, sans quoi il haïrait Tom.

— Je rentre à Bruxelles lundi, prononça Claire à voix basse. Ensuite tout ça sera terminé pour de bon.

Quarante-huit heures, pas une de plus.

Son corps brûlait, elle sentait l'humidité dans ses sous-vêtements. Ça faisait des années qu'elle n'avait pas été dévorée par une telle pulsion érotique. Tom partageait son trouble, elle en était certaine : son baiser était trop éperdu, trop désespéré, pour n'être que politesse. Son corps réagissait trop sous ses caresses pour n'être que mécanique. Il avait envie d'elle autant qu'elle avait envie de lui, et s'ils ne trouvaient pas un moyen de s'empêcher de se sauter dessus, ils provoqueraient un séisme dont leur petite famille ne se relèverait pas.

Il fallait impérativement qu'ils mettent en place des règles pour éviter de renouveler l'incident de ce soir.

Chapitre 3

Tom se réveilla avec une gueule de bois.

Il avait mal dormi.

Dans quel merdier s'était-il fourré ?

Cécile était délicieuse. Depuis trois mois qu'ils sortaient ensemble, tous les deux n'avaient partagé que des bons moments.

C'était avec une curiosité amicale qu'il l'avait acceptée comme amie sur Facebook, six mois plus tôt, découvrant l'ex-adolescente sublimée par la trentaine, épanouie dans son travail et dans sa vie. Elle était *sales engineer* dans la branche provinciale d'une start-up parisienne, faisait du yoga, prenait des cours d'aquarelle et lisait beaucoup ; principalement des polars. Ils n'avaient pas ressenti le besoin de s'installer ensemble pour le moment ; Cécile vivait à Lyon, montait souvent à Paris, travaillait sur une grande amplitude horaire. Quand il y avait des salons à Francfort ou à Londres ou des missions chez des clients, elle disparaissait des jours durant, parfois des semaines entières.

Ça convenait à Tom, qui avait lui-même un emploi du temps chargé. Dans le cabinet vétérinaire dont il était salarié, il travaillait le samedi, effectuait des gardes, intervenait souvent en pleine nuit chez des éleveurs de la région.

Dans son temps libre, il allait à la salle de sport, soulevait de la fonte ou sortait courir des dizaines de kilomètres dans la campagne. Il ressentait le besoin de bouger violemment au moins une fois par jour sans quoi, il avait le sentiment de s'encroûter.

Leurs deux modes de vie fonctionnaient plutôt bien. Ils s'appelaient souvent, se voyaient peu. Une heure trente de route entre Seynod et Lyon leur permettait de se retrouver parfois pour la soirée, souvent pour le weekend. En moto c'était plus rapide encore. Les samedis où Tom travaillait, c'était Cécile qui venait. Elle avait aussi pris l'habitude de se présenter chez lui sans prévenir, en rentrant de déplacement professionnel.

Ils cuisinaient à quatre mains, regardaient des séries, et faisaient beaucoup l'amour.

Cécile lui avait avoué, bien sûr, qu'elle avait un crush sur lui pendant leur scolarité. Il n'avait pas fait semblant d'être surpris. Il se rappelait parfaitement cet après-midi où elle l'avait invité chez lui « pour travailler leur exposé ». Il n'était pas dupe, du haut de ses 15 ans ; il savait qu'elle tentait une approche désespérée, mais en jeune homme piloté par ses hormones, il avait d'abord vu là une opportunité à saisir. Peut-être qu'elle le toucherait. Peut-être qu'elle le sucerait ! Peut-être qu'elle lui montrerait ses seins, et même plus. Peut-être qu'ils feraient l'amour, et qu'il rentrerait au collège le lundi en conquérant : le premier de sa bande à avoir été dépucelé.

— Je rêve, espèce de salaud ! avait ri Cécile en lui mettant une tape dans l'épaule, comme il lui racontait tout ça.

— Tu as raison, j'ai été bête de laisser filer une occasion pareille. À la place, j'ai choisi de ne pas profiter de la naïveté de cette fille charmante et de ne pas la sauter simplement pour crâner auprès de mes potes ensuite. Quel salaud !

— Tu m'as mis le pire râteau de ma vie. J'en ai pleuré des semaines durant.

— Je sais. J'en suis désolé. Mais je crois que pour ta première fois, tu méritais mieux qu'un ado mal dégrossi te confondant avec un *sex toy*.

Tom s'assit dans le lit, comme nauséeux. C'était la même chambre que treize ans plus tôt, mais repeinte et vidée de ses bibelots. Plus personne ne l'occupait, à présent. Cécile, encore endormie, se retourna dans les draps et vint se blottir contre lui.

Tom réprima le besoin de la repousser.

Il se sentait sale, et honteux. Vingt-huit ans, et il était toujours piloté par ses hormones. Quelle ironie.

Depuis six mois qu'il avait repris contact avec Cécile, et trois qu'ils sortaient ensemble, il s'était souvent demandé ce que devenait sa petite sœur, la brune pétillante qui lui avait fait tourner la tête. Dix ans après l'incident du lac, il n'assumait toujours pas d'avoir pu désirer à ce point la sœur de Cécile, une collégienne de surcroît. Le baiser qu'elle lui avait donné sur la plage était si frais, si spontané, si naïvement passionné que son seul souvenir avait animé ses nuits solitaires des mois durant.

Vingt-huit ans, et il était revenu au stade de son adolescence. Submergé par son désir pour Claire, il s'était masturbé violemment, dans la nuit, pour parvenir à trouver le sommeil, alors que Cécile dormait paisiblement à côté de lui. Elle était si proche qu'il sentait la chaleur irradier de sa peau. Il avait honte de lui : quel genre de minable se branlait sur la petite sœur tandis que la grande dormait quasiment dans ses bras ?

∗∗∗

— Quelle heure est-il ? murmura Cécile en glissant la main contre son ventre, dans son demi-sommeil.

Il lui caressa les cheveux avec tendresse :

— Un peu moins de 8h. Dors encore un peu, je vais aller préparer le petit-déjeuner.

Il s'assit sur le bord du lit, s'étira. La nuit avait été épuisante, sans sommeil, et c'est avec soulagement qu'il constata être le premier levé. Au moins il n'aurait pas à justifier de sa mauvaise mine à qui que ce soit. Pourtant, en passant devant le bureau pour se rendre dans la cuisine, il aperçut un rayon de lumière sous la porte.

— Déjà levée ? dit-il à Claire, qui travaillait en pyjama derrière son écran.

Elle leva vers lui des yeux fatigués et il la trouva charmante, avec ses paupières rouges et ses cheveux en bataille.

— Je n'ai pas dormi. Presque pas. Je...

Elle se mordit la lèvre.

— Et toi ?

— Pareil.

— Tu veux en parler ?

Oui, il voulait en parler. Il voulait mettre des mots sur les remous de son cœur. Il avait de l'affection pour Cécile, il s'était cru amoureux, mais en l'espace de quelques heures tout avait volé en éclat.

— Je vais la quitter.

Ça s'était imposé à lui comme une évidence. Il ne pouvait pas faire semblant d'être un gentil *boy friend* tout en se masturbant en cachette en songeant à une autre. Cécile méritait mieux que ça.

Claire referma l'écran de son laptop. Elle ne souriait pas.

— Tu ne peux pas quitter Cécile, Tom. Pas pour ça. Pas pour moi. Ce qui s'est passé hier… c'était un accident, un geste nostalgique. Ça n'arrivera plus.

— Comment le sais-tu ?

— Parce que c'est la bonne décision à prendre. J'ai réfléchi une bonne partie de la nuit. Notre mère est morte, notre famille ne peut pas se déchirer à cause de toi. Cécile a besoin de toi, moi pas. Après-demain je rentre à Bruxelles et tout ça sera vite oublié.

Il s'approcha, immense. Elle dut lever la tête pour le regarder.

— Je ne suis pas sûr de pouvoir oublier, Claire. La façon dont on a eu envie l'un de l'autre hier, à l'instant où nos regards se sont croisés… Ce n'était pas… neutre. Et certainement pas un accident.

— Il le faudra, pourtant. Dans deux jours je serai sortie de ta vie. D'ici là, tout ce que nous avons à faire c'est… surtout ne rien faire.

Il haussa les sourcils, amusé. La colère de Claire, sa détermination, tout ça lui allait à ravir. Il avait envie de la croquer. Et l'idée qu'elle serait furieuse qu'il ne la prenne pas au sérieux ne lui plaisait que davantage.

— Tu t'en crois capable ? De ne rien faire ? C'est toi qui m'as embrassé, je te rappelle.

— J'ai réfléchi à une règle simple : interdit de se toucher.

— C'est tout ?

— Oui. Si on respecte cette seule règle, on traversera le weekend sans autres incidents. Et on pourra reprendre le cours de nos vies.

***

Ce fut d'abord facile de tenir cette résolution. Au fil de la journée, ils ne furent jamais seuls. Claire trouvait toujours le moyen de s'éclipser quand approchait Tom, prétextant un ustensile à chercher à la cuisine, ou s'intéressant soudainement au quotidien de son père.

Elle fit les courses avec Georges, laissant Cécile et Tom à la maison. Ils préparèrent le déjeuner, puis les menus de la semaine, tous ensemble dans la cuisine. On congèlerait, pour éviter au vieil homme de devoir réfléchir à ce qu'il allait manger. Des lasagnes, des gratins, des quiches… le samedi fut consacré entièrement à la tâche. Si Tom approchait de l'évier, Claire s'éloignait pour essuyer les couverts. Si Claire pétrissait la pâte sur le plan de travail, Tom épluchait, hachait ou montait en neige, à l'autre bout de la cuisine. Deux fois leurs épaules se frôlèrent, tant il était difficile de circuler à quatre dans cet espace réduit, mais Claire s'efforça de prétendre que ça n'était pas arrivé.

« Ne pas se toucher » ne signifiait pas vraiment « s'éviter au point de s'en rendre ridicule. »

Il était davantage question de réprimer leurs impulsions… Et elles étaient violentes.

À chaque fois que Tom passait près d'elle, Claire sentait son parfum d'homme et son cœur chavirait. À chaque fois que Claire entrait dans son champ de vision, Tom revoyait leurs baisers, ceux d'un lointain passé et ceux de la veille, et devait lutter contre le besoin de s'humecter les lèvres.

Cécile était câline, glissait sa main dans la poche arrière de son jean, jouait à lui enfariner le bout du nez, lui volait des baisers, joueurs, et Claire détournait les yeux, la gorge nouée.

— Vous avez des projets, les amoureux ? demanda Georges en souriant devant la tendresse et la complicité du jeune couple.

Cécile rit, les joues roses :

— Je ne sais pas. S'installer ensemble peut-être ? D'ici un mois ou deux ?

Claire pâlit.

Tom déglutit :

— Oui, enfin il faudra qu'on en parle, parce que j'ai mon travail au cabinet quand même.

— Tu pourrais en changer… On a aussi des chats et des chiens avec des bobos, à Lyon, insista Cécile, joueuse, en venant glisser les mains dans les poches avant de son jean.

Claire le vit tressaillir.

— On verra. J'aime bien mes montagnes. Tu pourrais venir travailler ici, tu serais en télétravail quand tu n'es pas en déplacement.

Ce fut au tour de Cécile de se rembrunir, et Claire détourna le regard.

Était-elle un monstre d'être soulagée par leur désaccord ? Tant qu'ils camperaient sur leurs positions, il ne serait jamais question de mariage, de bébés. Qu'ils restent loin l'un de l'autre. Ils finiraient par se lasser…

Georges intervint :

— Allons les jeunes, vous trouverez bien une solution. Et toi Clarinette, parle-moi de ce Riad ?

— Oui, parle-nous de Riad, renchérit Tom, un sourire en coin.

Claire le foudroya du regard, mais n'eut d'autre choix que de répondre :

— C'est un camarade de promo, on est amis depuis quatre ans. On a pris un appart ensemble en colocation et puis... voilà. Il n'y a pas grand-chose à raconter.

— Mais il est auteur lui aussi ?

— Il s'est orienté vers le design... Il dessine des meubles et des véhicules en freelance, pour des campagnes publicitaires, ce genre de choses.

— Tu aurais pu lui dire de descendre avec toi ce weekend, tu nous l'aurais présenté.

— Papa... balbutia la jeune femme mal à l'aise, on n'en est pas là. On... c'est pas du sérieux.

— Tu habites avec ton copain depuis quatre ans et ce n'est pas du sérieux ? objecta Cécile, amusée. Qu'est-ce que tu racontes ?

Cette phrase, pourtant innocente, vexa Claire. Elle n'était pas en état d'écouter Cécile la narguer sur le désastre de la vie amoureuse qu'elle venait de s'inventer.

— Au moins je ne suis pas désespérée au point de demander en mariage tous les mecs qui font mine de s'intéresser à moi !

Son aînée la contempla, bouche bée, surprise de recevoir une telle insulte au milieu de ce qui était jusque-là une conversation innocente. Elle serra les dents, et redressa le menton, drapée dans sa dignité :

— Tom et moi, c'est une histoire qui s'est construite sur plusieurs années. Mais ce n'est pas quelque chose que tu pourrais comprendre. On était déjà au collège ensemble, au cas où tu l'aurais oublié.

— Je n'ai pas oublié, non.

— Les filles ! Les filles, s'il vous plaît. S'interposa leur père, l'air malheureux. Ne vous disputez pas. Vous avez chacune la vie que vous avez choisi, et je suis heureux pour vous. Ne vous disputez pas ici… pas aujourd'hui.

Les deux rivales baissèrent les épaules, penaudes. Tom paraissait aussi dépité qu'elles. L'entente fragile entre les deux sœurs était mise à mal par sa faute, dans leur maison, le jour de la mort de leur mère. Il n'aurait pas dû venir.

Il n'en avait pas eu l'intention de prime abord. Quand Cécile lui avait parlé de cet événement familial à la symbolique forte, premier anniversaire du jour où Marie-Jeanne avait succombé à son cancer après deux longues années de lutte, il avait d'abord refusé d'y prendre part. Il ne souhaitait pas s'interposer dans leur famille, il n'était pas encore l'un des leurs ; il attirerait l'attention et détournerait ce weekend de son sens initial.

Elle avait insisté, souhaitait qu'il soit à ses côtés pour la soutenir. Et puis, est-ce qu'il se rappelait de Claire ? Ne lui avait-il pas donné des cours de maths à une époque lointaine ? Ça ferait sans doute plaisir à sa sœur de le revoir et ça détournerait leur père de sa déprime.

Il avait cédé.

Évidemment, la situation lui avait échappé à l'instant où il avait croisé le regard lumineux de Claire et il avait à présent le sentiment d'être pris au piège.

— Quelle heure est-il ? parvint-il à demander pour clore le débat. Est-ce qu'on ne devrait pas partir pour l'église ?

C'était l'heure.

On chargea les fleurs dans la voiture de Cécile, qui prit le volant.

— Papa, mets-toi à l'avant, suggéra cette dernière. Le siège est plus confortable.

Claire sentit son pouls accélérer. Prendre la place arrière avec Tom ? Mauvaise idée.

— Est-ce que Tom peut passer devant ? Il a les jambes plus longues.

Elle réalisa que c'était une requête déplacée au moment même où les mots franchissaient ses lèvres. Faire passer le confort d'un jeune homme dans la fleur de l'âge devant celui de leur père ? Le regard que lui jeta Cécile, entre incrédulité et mépris, répondit à sa question. Elle pinça les lèvres. Autant se faire oublier le temps que tout ça se tasse...

Cécile roulait en Audi A3, une voiture plus spacieuse que la Peugeot de Claire. On pouvait s'assoir confortablement à deux à l'arrière.

Tom, si près et pourtant si loin.

Il avait posé sa main sur la banquette de cuir. Sur un malentendu, elle pourrait la toucher. Du bout du doigt... Un effleurement. Elle prétexterait un accident, un cahot de la route.

Pourquoi tant de dépit ?

De ne pas pouvoir effleurer du genou la cuisse de Tom, dans l'étroitesse de l'habitacle ? De ne pas risquer de basculer contre son épaule dans les virages ?

« Tu ne sais pas que ce que tu veux », songea-t-elle.

Elle ne parvenait pas à détacher son regard de lui. De sa main comme une invitation.

Quand elle leva les yeux, elle vit qu'il la regardait.

***

La place devant la petite église était presque vide, comme c'était prévisible pour une cérémonie aussi intime.

Claire fut surprise de reconnaître Rodolphe Morlet et sa mère, ainsi que quelques voisins, des amis de longue date de leurs parents.

— Mais c'est la petite Claire ! Comme tu as grandi !

— Et toi Cécile, mais regarde-toi ! Tu es si belle !

On leur pinçait les joues comme si elles n'étaient encore que des fillettes. Peut-être le resteraient-elles éternellement aux yeux de ces gens qui les avaient connues en couches-culottes.

Tom attirait l'attention ; un enfant du pays, lui aussi ! Ça faisait plaisir de le voir avec l'aînée des Pasteur, quel joli couple. Des projets de mariage ? Comment allaient ses parents ?

Il répondit poliment aux questions sur sa famille — sa mère désormais à Genève, son père retraité au bord de la mer, en Espagne — mais éluda les questions sur le mariage. Cécile rosissait de bonheur, ravie d'être au bras de l'illustre Tom Leroy.

« Future Cécile Leroy, quelle délicieuse nouvelle. Tu dois avoir hâte d'être grand-père, Georges ! »

Claire s'éloigna, la gorge nouée.

— Ça ne va pas ? lui demanda doucement Rodolphe, qui s'était approché.

Elle essuya une larme du plat de la main, incapable de répondre. Comment exprimer ce qu'elle ressentait ? Seul Tom pouvait la comprendre, et Tom était en train de se pavaner auprès de sa délicieuse blonde.

— C'est à cause de Marie-Jeanne ? Je comprends ce que tu ressens. Quand j'ai perdu mon père en 2014, j'ai cru que la douleur ne s'estomperait jamais. Même si ce n'est pas ce que tu as besoin d'entendre tout de suite, je veux juste te dire que ça finira par passer. On souffre, puis on accepte.

Bien sûr... il croyait qu'elle souffrait à cause du deuil, de la cérémonie. Elle pouvait pleurer librement, personne ne la jugerait.

Était-elle un monstre de pleurer sur le bonheur de Cécile et Tom plutôt que sur le décès de sa mère ? C'était mesquin de sa part. La jalousie faisait jaillir le pire d'elle-même.

— Merci Rodolphe, dit-elle en souriant tristement. Et merci d'être venu aujourd'hui. Ça me touche beaucoup.

Il se tourna, les mains dans les poches, pour observer le soleil couchant sur le clocher de l'église. Le petit groupe endeuillé s'échangeait des condoléances et des remerciements, parlait du bon vieux temps, des souvenirs, des enfants ayant grandi trop vite et des adultes partis trop tôt.

— C'est drôle de voir Tom avec Cécile, reprit Rodolphe en observant le jeune couple. Si j'avais dû parier sur une de vous deux, j'aurais pas mis un centime sur elle.

— Que veux-tu dire ?

— Ne fais pas l'innocente. Il était fou de toi pendant tout le lycée.

Le cœur de Claire lui parut doubler de volume dans sa poitrine. Elle ne sut pas si elle était heureuse ou épouvantée, mais cette révélation, dans la bouche de Rodolphe, lui donna le tournis.

— Comment le sais-tu ? Est-ce qu'il t'en a parlé ?

Rodolphe haussa les épaules :

— Il te regardait tout le temps. Il demandait tout le temps où tu étais, ce que tu faisais. C'était maladif. Ça rendait Cécile dingue ! Et puis ne fais pas semblant d'être surprise, j'étais là aussi pour la soirée de la fête de la musique. Moi non plus je n'ai pas dormi.

Claire s'empourpra soudainement. La fête de la musique 2011 avait été le point culminant de sa passion pour Tom Leroy. Elle n'avait que 16 ans et n'oublierait jamais cette nuit. Mais elle avait alors cru, jusqu'à cet instant, qu'elle et Tom seuls étaient au courant. Qui d'autre les avait surpris ? Est-ce que Rodolphe en avait parlé ?

— Pas la peine de faire cette tête, dit Rodolphe avec amusement, c'est pas grave, hein. J'étais un peu jaloux de Tom, je crois.

— Est-ce que Cécile l'a su ?

Le jeune homme haussa les épaules :

— Aucune idée. Tu lui demanderas.

— Jamais de la vie !

— Alors tu auras toujours un doute. C'est toi qui vois ! Mais quelle importance ça a, maintenant, qui a couché avec qui en premier ? C'est des histoires d'ados, ça. On était tous bêtement amoureux les uns des autres. C'était il y a longtemps.

Huit ans.

C'était huit ans auparavant, et Claire n'oubliait pas. Elle n'oublierait jamais.

La cloche de l'église sonna, appelant les fidèles. Rodolphe et Claire s'approchèrent du groupe pour entrer dans la nef. Le prêtre avait installé devant l'autel un portrait de Marie-Jeanne, souriante. Claire sentit son cœur se serrer. Elle n'était pas croyante, mais son père tenait à honorer solennellement la mémoire de son épouse. La famille prit place sur les bancs de devant, Cécile, Tom, Claire et Georges.

Angoissée à l'idée d'être assise si près de Tom, Claire dit signe à son père de changer de place avec elle, mais ce dernier fronça les sourcils. Quelle mouche la piquait ? Elle s'installa alors sur le banc, faisant son possible pour prendre une expression neutre, mais sentit le bras gauche du jeune homme frôler son épaule. Elle en perdit le fil de ses pensées.

Une seule règle : ne pas se toucher.

Est-ce que c'était vraiment trop demander ?

Le Père Clarens, un ami de la famille — comme tous les habitants du village — avait préparé une messe sans pompe, poétique et sincère, à l'image de la défunte.

Les larmes que Claire versa alors étaient bien pour sa mère.

— À présent, la cadette de Marie-Jeanne, celle qu'elle appelait son rayon de soleil, va venir nous dire un mot. Claire, tu veux nous lire quelque chose ?

Elle se leva à cet appel, cherchant dans son sac le texte qu'elle avait rédigé. Elle n'était pas certaine de parvenir à parler, et refoula ses larmes.

Une main réconfortante vint caresser sa paume.

Tom la regardait tendrement :

— Ça va aller. Prends ton temps. Il n'y a que des amis, ici.

Sa main était chaude, immense et caressante, protectrice. Elle lui fit du bien.

Claire hocha la tête, et se dirigea vers le micro.

— Maman, commença-t-elle sans dissimuler son émotion, deux ans tu as lutté contre le cancer, un an que tu nous as quittés. Tu me manques tous les jours. Je réalise, dans ton absence, combien tu étais le socle de cette famille ; combien tu étais le ciment qui nous liait. Papa le passionné, qui aimait tant vivre, et qui peine à trouver une raison de continuer, désormais. Cécile la téméraire, la travailleuse, toujours vaillante pour que tu partes sereine, le cœur en paix. Et moi, que tu appelais ton artiste, je crois que si je continue à dessiner malgré les difficultés et malgré ton absence, c'est pour ne pas te perdre.

La jeune femme prit une inspiration, pour retrouver son souffle, lutter contre les sanglots dans sa voix :

— Tu voulais qu'on s'aime, et qu'on soit heureux, même après toi. Tu nous as laissé en héritage ta force et ta passion, cette flamme qui nous anime tous les trois. Parce que ce serait te tuer une seconde fois, nous allons l'entretenir, et ne jamais la laisser s'éteindre. Nous allons vivre, nous allons aimer, comme tu l'as toujours souhaité. Je t'aime, maman.

Claire replia sa feuille. Une larme avait taché le papier.

Lorsqu'elle rejoignit le banc, Cécile se leva pour la serrer dans ses bras. Elles s'étreignirent longtemps, en silence.

Mais lorsqu'elle releva la tête, les joues humides et les yeux rougis, Claire croisa le regard de Tom.

Vivre, s'aimer fort.

Qu'allait-elle devenir ?

Chapitre 4

Claire sortit de l'église le cœur plein d'une nouvelle détermination.

Ce moment d'introspection lui avait fait du bien. Revenir aux fondamentaux : son père, sa famille.

Tom n'était ni l'un ni l'autre. Il était une passion adolescente dans laquelle elle avait replongé avec délice, mais elle avait très bien vécu loin de lui pendant presque dix ans. Si les petits copains de sa sœur allaient et venaient… leur lien familial, à Cécile et elle, durerait même après leur mort. Certaines choses étaient plus précieuses que d'autres et méritaient d'être protégées.

Claire n'allait pas jeter sa famille aux orties pour une jolie paire d'yeux. Même ceux de Tom Leroy.

C'est dans cet esprit qu'elle déclina, poliment, l'invitation de Rodolphe à venir prendre un verre chez lui. Elle aurait pu prétexter qu'elle avait du travail, mais la vérité, c'était qu'elle était épuisée, physiquement et moralement.

Sa décision lui avait apporté une forme de paix, et avec cette paix, le besoin soudain de se rouler sous une couette et d'y rester 24 heures. D'aucuns diraient que c'était un signe de dépression, mais elle n'avait que faire des oiseaux de mauvais augure.

Une voisine les déposa à la maison — Cécile et Tom s'étaient rendus chez Rodolphe avec l'Audi – et après avoir embrassé son père, Claire alla directement se coucher.

— Tu ne manges rien, ma chérie ? lui demanda-t-il, inquiet de ce changement soudain d'humeur.

— Non papa, je… je n'ai pas faim. J'ai surtout sommeil.

— D'accord. Bonne nuit alors.

Il la regarda monter dans sa chambre, écouta la porte claquer. Ce n'était pas le genre de Claire, que de manquer d'énergie. La veille, elle avait transformé en un tour de main cette baraque froide et sinistre en véritable chalet accueillant. La raison lui dictait que c'était là le contrecoup de la cérémonie ; l'absence de sa mère, le deuil…

Mais son instinct lui soufflait toute autre chose : la blessure de Claire était plus profonde, plus intime encore. Et il était malheureux de ne pas savoir comment l'aider.

Claire s'écroula sur son lit et s'endormit d'un bloc. La route, la nuit blanche, le *roller-coaster* émotionnel avaient eu raison de ses dernières forces.

Elle n'entendit pas la porte de la maison s'ouvrir, au cœur de la nuit ni le frottement de deux paires de pieds sur l'escalier. Elle fut par contre tirée de sa torpeur par le claquement régulier de la tête de lit contre la cloison derrière sa tête. Des soupirs, des mots chuchotés, et le grincement du sommier.

Tom et Cécile faisaient l'amour, juste là, derrière le mur. Elle les entendait distinctement à présent. Impossible de chasser les idées, les souvenirs qui surgissaient, nombreux. Une autre étreinte, d'autres soupirs. La chaleur de sa peau, la douceur de ses mains, la moiteur de sa bouche.

Une larme roula sur sa joue.

Ce n'est que lorsque la maison redevient silencieuse que la jeune femme parvint à se rendormir.

Première levée le lendemain, elle fut rapidement rejointe par son père, qui l'embrassa sur la tempe. Ils préparèrent du café, discutèrent calmement. Claire gardait l'œil sur l'horloge du four. Tom et Cécile dormaient encore… en voilà au moins un que le souvenir de leurs étreintes adolescentes n'empêchait pas de dormir !

Il ne la méritait pas. Il ne méritait pas ses larmes. Malgré l'incident de la veille, il avait fait l'amour avec Cécile comme si de rien n'était et maintenant, il devait ronfler la bouche ouverte tandis qu'elle-même était torturée par la jalousie.

« Pauvre type ». Pensa-t-elle avec une grimace amère.

***

Les yeux ouverts, Tom écoutait Cécile respirer contre lui. Elle était nue, il sentait la peau tendre de ses seins contre son torse.

Il devait la quitter.

Mais comment quitter une femme qui vient de perdre sa mère, et qui plus que jamais, a besoin de réconfort ? Comment quitter une femme qui a besoin de vous pour respirer ?

Cécile l'aimait trop. Elle s'était attachée trop vite.

Il savait qu'au fond d'elle elle était sérieuse, quand elle plaisantait à propos de mariage. Il ne pourrait jamais l'aimer autant, avec la même flamme… maintenant qu'il avait revu Claire.

Claire, qui n'était plus l'adolescente fébrile qu'il avait déshabillée silencieusement, au milieu d'un groupe de leurs camarades endormis. Celle qui avait laissé échapper un soupir si langoureux quand il avait refermé sa bouche sur son téton, qu'il avait failli jouir sur l'instant. Il avait une petite amie, alors. Comment s'appelait-elle ? Impossible de s'en souvenir, mais ça n'avait pas d'importance.

Une chose n'avait pas changé : il était déjà un salaud.

Mais il revenait toujours à Claire.

Quand Cécile avait commencé à l'embrasser, dans la nuit, il avait d'abord tenté de la repousser... puis s'était laissé faire. La pièce était sombre ; au toucher et au goût, il pouvait facilement la prendre pour sa sœur. Il suffisait de fermer les yeux pour s'imaginer étreindre la cadette. Qu'avait-il envie de lui faire alors ?

Cécile avait joui en lui griffant le dos et lui se demandait si Claire ferait les mêmes sons, les mêmes mimiques, quand il lui donnerait du plaisir. À cette seule idée, il se sentit durcir et décida de se lever. Une douche lui remettrait les idées en place.

Après la douche, fraîchement rasé, comme Cécile dormait encore il descendit au premier étage et y salua le reste de la famille Pasteur, attablés devant des tasses de café au lait. Georges lui rendit chaleureusement son bonjour, mais Claire détourna les yeux, la mine sombre.

Elle faisait la tête.

C'était compréhensible et en même temps, que lui reprochait-elle exactement ?

C'était elle qui l'avait embrassé, vendredi. Il avait même refusé de la suivre dans sa chambre : au moins vis-à-vis d'elle, sa conscience était tranquille. Qu'il ne puisse pas en dire autant vis-à-vis de l'aînée ne la concernait pas !

Décidément, les sœurs Pasteur n'avaient pas fini de le faire tourner en bourrique. Qui aurait cru que des adultes, avec des jobs, des loyers, des impôts à payer, puissent être ballotés à ce point par des émotions d'adolescents ?

Claire lui faisait la tête et il en était malheureux.

Tant pis.

C'était sans doute mieux aussi. « Ne pas se toucher » serait facile alors, si elle refusait en plus de lui parler. Tout ça serait fini dans quelques heures. Ils iraient ensemble se recueillir sur la tombe de Marie-Jeanne Pasteur ce matin, Cécile et lui prépareraient leur retour ensuite. À 18h, il quitterait cette maison et retrouverait un semblant de sérénité…

… jusqu'à la prochaine fois.

***

Il avait plu dans la nuit, et l'eau sur le sol avait gelé peu avant l'aube. Le sol était plus glissant encore que la veille. Soufflant sur leurs doigts, les Pasteur s'arrêtèrent devant une tombe de marbre gris.

Marie-Jeanne Pasteur
1963 - 2018

« À mon épouse,
Le monde a perdu ses couleurs
Depuis que tu es partie »

« À notre maman »

Georges, Claire et Cécile se tenaient la main, tournant le dos à Tom qui était resté quelques pas en arrière. Il se sentait terriblement impuissant à les réconforter. Tout ce dont elles avaient besoin, dans ce moment de deuil, c'était de pouvoir compter sur lui… il n'était pas à la hauteur. Les fleurs furent déposées sur la tombe, sans un mot ni une larme, mais les épaules étaient basses.

Tom saisit ce moment d'introspection pour penser à sa mère. Quand il était parti faire ses études, elle avait quitté la maison qu'ils louaient pour s'installer au bord du lac Léman. Ça faisait longtemps qu'il ne lui avait plus donné de nouvelles ; il faudrait qu'il l'appelle. Et son père ? Envolé avant même le divorce. Un passionné de motos et de mécanique, qui lui avait confié une de ses mobylettes vintages dès qu'il avait eu l'âge légal de la conduire. Peut-être que Tom pourrait lui rendre visite en Espagne. Il prendrait la moto, descendrait par les petites routes... Ça ferait une belle excursion.

Il irait seul. Ou alors, avec une passagère ? Elle s'accrocherait à sa taille et quand ils s'arrêteraient pour admirer la vue sur la Méditerranée, elle retirerait son casque, libérant ses cheveux bruns...

Merde.

Il imaginait Claire.

— Ça va mon cœur ? lui demanda Cécile en lui prenant la main. On va rentrer.

— Okay, répondit-il en l'embrassant sur le front. Tu tiens le coup ?

— Oui. La vie continue. Je ne crois pas que maman aimerait qu'on se laisse dépérir.

— Je ne l'ai pas bien connue. Mais si vous lui ressemblez un tant soit peu, ta sœur et toi, en effet je pense qu'elle devait être une battante.

— Elle était formidable.

Main dans la main, ils se dirigèrent vers la voiture.

La matinée touchait à sa fin, et tous les quatre déjeunèrent des lasagnes préparées la veille. Sous la table, Cécile caressait la cuisse de Tom du bout des doigts, sensuellement, joueuse. Ça le gênait plus qu'autre chose, mais il n'osa rien dire. Elle ne comprendrait pas.

La jeune femme commença à montrer des signes d'impatience après le café. Elle consultait son téléphone, monta dans la chambre ranger et faire son sac.

— Tu sais que je pars une semaine à San Francisco demain, expliqua-t-elle à Tom qui s'inquiétait pour elle. Je dois préparer mon sac, ranger mon appart. J'aimerais bien ne pas tarder à rentrer.

Tom ne trouva rien à répondre.

Partir tôt signifiait laisser Claire derrière lui. Il en avait mal au ventre. Elle boudait, à travailler nerveusement dans le bureau où elle avait installé son matériel, et il était évident qu'il devait s'en aller au plus vite pour couper court à un désastre imminent ; mais il n'en avait pas envie. Il aimait la savoir là, si proche. S'il descendait les escaliers, il pourrait la regarder travailler depuis la porte. Son air concentré, la petite ride entre ses sourcils, l'éclat de l'écran dans ses prunelles, ses gestes vifs.

Il aurait voulu lui demander sur quoi elle travaillait. Comment elle s'y était prise pour se lancer dans la mise en couleur d'albums. Si elle parvenait à en vivre. Quel était son dessert préféré... Où voudrait-elle voyager ? Est-ce qu'elle voulait des enfants ?

Mais Cécile ne tenait pas en place, et elle devait le déposer chez lui avant de prendre la route pour Lyon. Une heure plus tard, elle portait son manteau, son bonnet, et agitait ses clés de voiture. Tom trainait, trouvait mille prétextes pour s'attarder.

Il se pencha pour faire une longue bise à son futur beau-père.

— Je te laisse mon numéro sur le frigo, Georges. Je ne suis pas si loin. Si tu t'ennuies et si je ne suis pas au travail, je peux monter en moins d'une heure, d'accord ?

— D'accord, jeune homme. Merci. Je suis fier de te compter dans la famille. Cécile a l'air très heureuse. Prends bien soin d'elle.

La seule réponse acceptable était « promis », mais c'était au-dessus de ses forces. Alors il sourit, sans trop y croire.

Un coup de klaxon retentit depuis l'allée. Cécile s'impatientait dans la voiture.

— Tu t'en vas ? lança Claire depuis le bureau.

— Tu as remarqué ? répondit-il avec sarcasme. Ça fait une heure que Cécile remue la maison pour nous faire décoller. Je suppose… à la prochaine ?

Elle leva sur lui des yeux noirs, sourcils froncés, mais ne daigna pas répondre.

— Je n'ai pas droit à un « au revoir » alors ? Claire, je ne vois pas bien ce que tu me reproches. C'est toi qui t'es jetée sur moi hier.

— Ah oui ? Et qui me faisait du pied sous la table ?

— Pas moi en tous cas. Mais j'ai de grandes jambes et vous avez une petite table. Je comprends que tu sois… déçue dans tes attentes vis-à-vis de moi, mais il n'a jamais été question de quoi que ce soit. Tu t'es monté la tête toute seule.

— Oh vraiment ? Parce que j'ai distinctement senti ta langue dans ma bouche hier. Ça aussi c'était un accident ?

— Encore une fois, c'est toi qui m'as embrassé.

— Et chez Rodolphe aussi, c'était moi qui me faisais des idées ?

Cette fois, c'est Tom qui se rembrunit :

— C'était il y a presque dix ans, y'a prescription ! J'étais jeune et con. Mais je n'ai jamais regretté cette nuit-là. C'était... probablement la meilleure nuit de ma vie.

— Sans blague. Ensuite tu t'es barré, comme tu vas le faire aujourd'hui... et tu m'as laissée me morfondre... comme aujourd'hui. Comment tu crois que je me suis sentie alors, et comment tu crois que je me sens maintenant ?

Nouveau coup de klaxon, plus long cette fois.

Tom remonta la fermeture éclair de sa veste.

— Écoute ma puce, tu mélanges plein de choses. Le passé, le présent. Et au présent, je suis avec Cécile. On en a parlé hier, tu m'as interdit de la quitter. Alors quoi, maintenant ?

— Je ne suis pas « ta puce », putain, j'ai plus treize ans. Casse-toi avec ta chérie, sa bagnole de luxe et son déplacement pro à San Francisco, tiens. Soyez heureux et ayez beaucoup d'enfants.

Pas de bises, pas d'au revoir. Allait-elle vraiment le quitter sur cette joute verbale pleine d'aigreur ?

— Claire, j'aimerais qu'on en parle, qu'on crève l'abcès et qu'on trouve un mode de communication qui ne consiste pas soit à se grimper dessus, soit à se jeter des assiettes à la figure, mais là je dois y aller. Je... suis désolé. De t'avoir fait tant de mal. Appelle-moi. J'ai laissé mon numéro sur le frigo.

— C'est ça. Bonne route.

Tom haussa les épaules et tourna le dos. Il maudissait la tournure qu'avait prise ce weekend. Il venait soutenir son amoureuse et renouer avec sa famille, y compris la petite sœur qui l'avait fait craquer dans sa jeunesse... et se retrouvait à envisager de larguer Cécile, à s'engueuler avec

Claire, à avoir mis le bordel dans une famille endeuillée, et à ne pas comprendre ce qu'il allait faire de sa vie à partir de là.

Dans l'immédiat, il avait besoin d'un shot de tequila, et il en avait justement dans le buffet du salon, chez lui. Le plus dur serait de ne pas siffler toute la bouteille.

***

Claire écouta depuis le bureau le bruit du moteur qui s'éloignait et elle ferma les yeux, entre soulagement et remords. Une silhouette se découpant dans la porte, comme Tom Leroy s'y était tenu plusieurs fois au fil du weekend, lui fit relever la tête.

— Qu'est-ce qui ne va pas, Clarinette, demanda Georges avec tendresse. Tu veux m'en parler ?

— C'est rien, c'est juste la mort de maman.

— Je suis un vieux croûton, mais je ne suis pas complètement gâteux, jeune fille. Et je vois bien que tes larmes, là, ne sont pas au sujet de ta mère.

À pas tranquilles, il vint s'assoir sur le tabouret derrière elle, là où Tom avait pris place vendredi soir.

— Tu me connais par cœur, papa. Mais je ne peux pas t'en parler, c'est trop tôt.

— C'est à cause de ta sœur ? Est-ce qu'elle t'a dit quelque chose de déplacé ?

— Non, Cécile est parfaite, comme toujours.

Elle gratifia son père d'un sourire triste :

— Le moment venu, je t'en parlerai.

— D'accord. Prends ton temps. Si tu as besoin, je suis là.

— Merci papa.

Il se levait pour quitter la pièce quand Claire l'interpella de nouveau :

— Ça te dit qu'on sorte ? Allons nous promener tant qu'il fait jour. J'ai besoin de prendre l'air.

— Je ne sais pas trop, répondit Georges. Tout est verglacé…

— Oh, papa, depuis quand est-ce qu'un peu de gel t'arrête ? Je t'ai vu partir en expédition en plein blizzard. Allez mets tes bottes de neige, on va juste faire le tour du petit bois, d'accord ?

C'était la promenade familiale consacrée, en partant par le sentier qui montait derrière la maison. On y trouvait des champignons en automne, des châtaignes en hiver et de l'ail sauvage au printemps. Claire enfila son bonnet, son manteau, ses converses — elle n'avait pas de bottes de neige — et attendit son père sur le perron, en frappant ses pieds au sol pour les réchauffer.

Elle pouffa lorsqu'il la rejoignit, emmitouflé comme un Inuit, et lui tendit le coude.

— Allez, ça va nous faire du bien.

Il était déjà 16h et la lumière rasante de la fin du jour étirait les ombres des arbres aux branches gelées.

Claire sentit son chagrin et sa rancœur se dissoudre dans l'air vif qui lui piquait les joues. Les montagnes lui parurent magnifiques, figées dans leur écrin de givre ; tout était silencieux autour d'eux. Depuis le promontoire qui dominait le village, elle contemplait son enfance et sa jeunesse dans ces prairies et ces collines. Les bus scolaires qu'il ne fallait pas louper, les trajets à vélo, épuisants en montée et grisants en descente, les cabanes, les bouquets de fleurs des champs, les traces de sangliers au bord des ruisseaux, les jeux d'enfants, les jeux d'ados. Les premiers émois, les premiers baisers.

Et Tom Leroy, toujours. Il avait laissé une empreinte dans sa chair au même titre que ce village. Fuir en région parisienne, en Belgique ou ailleurs n'y changerait rien... une partie de son cœur leur appartiendrait toujours un peu.

Elle grimpa plus haut, courant presque, cherchant son souffle dans l'air glacé. Des volutes de vapeur s'échappaient de sa bouche alors qu'elle se hissait au-dessus du village, au-dessus de son enfance.

Tom était rentré à Annecy, la parenthèse était refermée. Leur dispute lui nouait encore le ventre, mais elle savait que ça disparaîtrait bientôt. Elle resterait à Bruxelles, ne reviendrait pas pour Pâques ni pour Noël. Elle reviendrait l'an prochain, pour l'anniversaire de la mort de maman, un rituel auquel elle ne souhaitait pas se substituer. D'ici là, peut-être que Cécile et Tom auraient rompu ; ou annonceraient leur mariage ? Avec Cécile, c'était tout ou rien.

Dans les deux cas, Claire n'avait pas de place dans leur histoire.

— Attend moi, Clarinette, je –

Derrière elle, son père poussa un cri et s'effondra. Le cœur de Claire fit un bond. Elle se précipita pour l'aider à se relever.

— Papa ! Est-ce que ça va ? Tu t'es fait mal ?

— J'ai glissé. Ma cheville...

Il grimaçait, le visage tordu par la douleur. Claire fut soudain submergée par une vague de culpabilité. C'était elle qui avait insisté à pour qu'il sorte, malgré le verglas. Elle avait prétendu que c'était pour son bien à lui, mais c'était un acte égoïste : elle avait besoin de respirer et peur d'être seule, elle l'avait forcé à venir. Et maintenant...

— Prends appui sur mon épaule. Tu peux te relever ?

Georges était tout pâle. Claire sentait son cœur battre à toute vitesse. Son père était sédentaire depuis trop longtemps, et maintenant...

— Ça va passer, papa, dit-elle d'une petite voix, tu t'es simplement tordu la cheville. On va rentrer à la maison et mettre de la glace.

Pour toute réponse, son père poussa un gémissement. Il ne pouvait pas poser le pied au sol sans grimacer de douleur et c'est avec difficulté et à pas très lents qu'ils regagnèrent la maison. Claire l'installa dans le fauteuil, face à la cheminée, et lui ôta ses bottes. La cheville était enflée et chaude, la peau violacée par endroits.

La jeune femme se sentit démunie. Est-ce que c'était grave ? Est-ce que c'était juste foulé, cassé ? Fallait-il aller aux urgences ?

L'angoisse lui noua le ventre : si elle emmenait son père aux urgences, ils y seraient une partie de la soirée, peut-être de la nuit. S'il était plâtré, elle ne pourrait pas le laisser seul. Comment se ferait-il à manger ? Comment ferait-il sa toilette ?

Elle avait un album à rendre, ce weekend ne devait la ralentir que pour deux jours. Jamais elle n'avait envisagé de rester plus de quarante-huit heures et elle avait déjà pris du retard sur son planning de travail.

— Emmène-le aux urgences, déclara Cécile au téléphone.

— Mais ça va peut-être se résorber tout seul ?

— Claire, arrête ton numéro. Tu as poussé papa à aller randonner alors que tout est verglacé, c'était une connerie, et il faut assumer maintenant. Tu ne peux pas le laisser comme ça.

— Est-ce que... tu peux écourter ton séjour à San Francisco ? Rentrer mercredi ? Je dois impérativement remonter à Bruxelles, j'ai du travail par-dessus la tête...

— Et moi alors ? Mais qu'est-ce que tu crois ? Je suis partie depuis deux heures et tu m'appelles en panique parce qu'il a eu un accident par ta faute ? Emmène-le aux urgences ! Et non, je ne vais pas revenir pour te tenir la main. T'es une adulte. Tu gères.

En raccrochant, Claire sentit des larmes lui monter aux cils. Elle se sentait petite, et vulnérable, quand elle était dans cette maison. Son père, sa chambre, sa grande sœur, le petit copain... Elle régressait. Sa sœur avait raison. Il n'y avait qu'une chose raisonnable à faire : elle ne pouvait pas laisser son père sans soins appropriés.

— Papa, je vais t'aider à remettre ton manteau. Je t'emmène à l'hôpital faire une radio.

Elle ne souriait pas, résignée. Elle ne rentrerait pas à Bruxelles demain.

C'était une catastrophe.

Chapitre 5

Il était dix-huit heures quand Georges et Claire franchirent les portes des urgences du centre hospitalier d'Annecy. Un écran fixé en haut du mur diffusait France 3 en sourdine. La salle d'attente était peuplée d'enfants gémissants, d'adultes assoupis, de blessés superficiels. Georges fut appelé assez vite pour un diagnostic, puis invité à patienter avec les autres.

Alors commença la longue attente.

Dans la précipitation, Claire n'avait pas pensé à prendre son câble de téléphone et encore moins un roman pour tuer le temps.

À chaque fois qu'entrait une infirmière pour appeler un patient, elle levait la tête, pleine d'espoir. Hélas, son père s'était « tordu la cheville ». Un bobo. Sa vie n'était pas en danger et quand il ne bougeait pas, il n'avait pas vraiment mal... Autant dire que tous les autres patients de la salle d'attente, et ceux que déposaient les pompiers et les ambulances au fil des heures étaient traités en priorité.

Ils allaient passer la nuit ici.

Chaque minute qui passait où elle ne travaillait pas serait une minute de sommeil en moins le lendemain, quand elle devrait rattraper son retard. Vers 20h, Georges s'assoupit sur son siège et Claire se leva pour se dégourdir les jambes.

Elle regretta presque de ne pas fumer.

Elle aurait pu trouver du plaisir à sortir marcher et à tirer sur une cigarette, ça lui aurait apporté un semblant de réconfort ; à la place, l'odeur de tabac froid qui montait du trottoir lui donnait la nausée et elle retourna à l'intérieur, sous l'éclairage agressif du hall d'entrée.

— Claire !

Elle se retourna. Elle aurait juré que…

— Tom ? Qu'est-ce que tu fais là ?

La jeune femme regarda autour d'elle, incrédule.

— Cécile m'a appelé. Elle m'a dit que Georges était blessé, que vous partiez aux urgences à Annecy.

Il souleva un sac en papier :

— Je suis passé au Macdo, je vous ai acheté des sandwiches. J'ai pensé que vous en auriez besoin.

Claire ouvrit et referma la bouche, cherchant ses mots. Tom. Ici. Avec des hamburgers. Elle avait basculé dans une dimension parallèle ou quoi ?

— Mais, tu ne travailles pas ?

— Pas ce soir, je reprends demain. Tu as faim ?

— Je… Oui. Merci.

Il sourit, un vrai sourire chaleureux.

Pourquoi s'étaient-ils disputés déjà ? Elle ne s'en rappelait plus.

— J'en ai pris aussi pour ton père. Mieux vaut manger tant que c'est chaud, les frites froides ont quelque chose de déprimant.

Elle rit, soudain réconfortée, presque heureuse. La seule présence de Tom près d'elle balayait ses angoisses. Cécile n'était pas là, elle allait passer la nuit aux urgences, papa était blessé, mais Tom se tenait près d'elle, et il lui souriait.

Elle vit la fossette au creux de sa joue, les rides de malice au coin de ses yeux. Elle eut envie de l'embrasser. Il portait une veste en cuir, tenait son casque de motard à la main. Il lui parut plus séduisant que jamais.

Comment avait-elle cru pouvoir surmonter son désir brûlant, spontané, pour cet homme ? Il débarquait sous les néons avec des hamburgers dans un sac en papier et elle était prête à lui manger dans la main.

Tant pis pour Cécile. Au, diable l'honneur et la morale. Aux orties, les principes !

— Papa, regarde qui est-là, chuchota-t-elle en touchant l'épaule de son père.

Georges battit des cils, se redressa dans son siège. Il parut surpris, lui aussi, de voir Tom dans cet endroit incongru.

— Tom ? Mais qu'est-ce que tu fais ici ?

— Cécile m'a prévenu. Je vous ai apporté un dîner. Tu as faim ? J'ai pris des cheeseburgers, ils ne sont pas assez gros pour risquer d'en mettre partout.

— Oh, quel festin ! plaisanta Georges avec une grimace. Juste ce qu'il me fallait !

Tom haussa les épaules, souriant :

— On fait ce qu'on peut, un dimanche soir de février !

— C'est parfait. Merci Tom.

Le sexagénaire voulut se lever pour embrasser son beau-fils, mais sa cheville l'en empêcha et il se laissa retomber sur le siège en plastique avec un gémissement endolori.

— Tom, quand tu es arrivé je sortais me dégourdir les jambes… Ça te dit qu'on aille faire un tour ?

Il acquiesça, fit mine de se lever.

— Papa, on sera juste dehors, d'accord ? J'ai mon portable, appelle-moi s'ils viennent te chercher.

— D'accord. Soyez sages.

Soyez sages ? Que voulait-il dire ?

Claire enfila son manteau et prit la direction des portes coulissantes. Tom avait laissé son casque à Georges et elle sentit sa main se poser en bas de son dos, dans le creux de ses reins. L'instant d'après ils étaient dehors.

Elle pivota pour se dégager de son contact.

Une seule règle : Ne pas se toucher.

« Ne sois pas ridicule », songea-t-elle. « Ce n'est pas tant "se toucher" que "se tripoter". Il ne fait rien de mal. Il est venu te tenir compagnie malgré les horreurs que tu lui as crachées au visage tout à l'heure. »

— Tu ne dois pas me toucher. C'est la règle, dit-elle avec sérieux.

— Pourquoi ?

— Tu sais pourquoi.

Il n'y avait personne devant les urgences, sur le parking maculé de chewing-gums écrasés et de vieux mégots. Il faisait froid, il faisait sombre. C'était sinistre. Tom s'approcha et prit lentement Claire dans ses bras. Elle grelottait.

— Tu voulais faire un tour ? dit-il doucement. Ou juste me parler ?

— Te parler. Loin de mon père.

Elle avait cessé de lutter, et se détendit dans ses bras. Il était large, réconfortant. Elle reconnut le parfum de ses vêtements — comment un homme pouvait-il conserver la même odeur depuis dix ans ? — et ferma les yeux.

— Je t'écoute.

— Pourquoi es-tu avec Cécile ? gémit-elle. Pourquoi es-tu avec elle et pas avec moi ?

— C'est comme ça. C'est le hasard. Elle a repris contact avec moi et on s'est bien entendus, c'est tout. Ce n'était pas contre toi.

— Mais… tu l'aimes ?

Claire leva la tête pour le regarder dans les yeux. Il avait le regard triste et brillant. Il lui caressait tendrement les cheveux, d'un geste très doux, comme si elle avait été fragile et précieuse à la fois.

Il haussa les épaules en guise de réponse.

— Je l'aime beaucoup, oui. On a vécu de bons moments tous les deux, on s'entendait bien au lycée et encore mieux maintenant... C'est une bonne amie.

— Ce n'est pas ce que je veux dire, Tom.

— Je sais.

La jeune femme demeura silencieuse un moment, le visage blotti contre son torse.

— Et moi ?

— Et toi quoi ?

Claire fronça les sourcils et se détacha de son étreinte. Elle recula d'un pas.

— Regarde-moi dans les yeux et dis-moi que tu n'as pas envie de moi.

Il se mordait la lèvre. Il cherchait ses mots :

— Voilà pourquoi il ne faut pas qu'on se touche. Pour ne pas en arriver là.

— Et pourquoi pas ? Je sais que tu crèves d'envie de me déshabiller, je vois comme tu me regardes. Tu sais que c'est réciproque. Alors qu'est-ce qu'il t'en empêche ?

— Et que fais-tu de ta sœur ? De ton discours d'hier à propos de ne pas briser sa vie, de ne pas détruire ta famille ?

***

2010

— Claire, veux-tu descendre ! lança Marie-Jeanne depuis le bas de l'escalier.

— Quoi encore ? protesta Claire en claquant la porte de sa chambre.

— Descend quand je t'appelle.

— Qu'est-ce que tu me veux, mam-

Elle ne finit pas sa phrase. Derrière sa mère se tenait Tom Leroy, tout en vêtements noirs et en tatouages.

— Tu connais Tom, c'est un camarade de ta sœur.

— Oui... maman. Je... je connais Tom. Murmura Claire, le cœur battant.

Merde, qu'est-ce que c'était que ce plan foireux ? Que faisait Tom dans sa maison ?

— J'ai vu sa mère au marché avant-hier, on discutait des enfants, des notes, du brevet... je lui ai fait part de tes difficultés en maths... en Français... en tout, en fait.

Cette fois, c'était sûr, elle était toute rouge. Sa mère était en train de l'humilier devant Tom Leroy. Il allait la prendre pour la dernière des cancres.

— Maman ! souffla-t-elle les dents serrées, toujours figée sur les premières marches de l'escalier.

— Bref, elle m'a dit que Tom était en prépa vétérinaire. Il cherche de l'argent de poche, tu as besoin de te remettre à niveau... On s'est mis d'accord pour qu'il te donne des cours.

— Des cours ? Mais maman, les vacances de Pâques commencent à peine !

— Justement ma grande. Quelques heures de math par jour ne te feront pas de mal. Tu as besoin d'un coup de main pour réviser le brevet !

Claire aurait voulu protester, hurler, trépigner. Son année de troisième s'était objectivement mal passée. Elle qui était autrefois bonne élève avait grandi d'un coup, s'était enhardie, défiait les professeurs et portait les heures de colle comme un trophée. Le désir de plaire à l'homme qu'elle s'imaginait que Tom était devenu n'y était sans doute pas pour rien dans sa métamorphose.

Des cours particuliers pendant toutes les vacances ? C'était une punition d'une cruauté inimaginable. Sa mère se disait sans doute que ça lui passerait l'envie de faire du zèle l'an prochain, en seconde.

Si elle avait su ?

Claire sentit une langue de feu descendre dans le bas de son ventre. En croyant la punir, sa mère venait de lui offrir Tom Leroy sur un plateau. Une heure de maths par jour ? Huit, si elle voulait ! Dire que Cécile était partie faire de l'animation dans des colonies de vacances... Elle ne serait même pas là pour s'interposer. C'était merveilleux !

— Mettez-vous dans le salon, j'ai rangé la table, suggéra Marie-Jeanne avec un moulinet de la main.

— Maman... on va plutôt aller dans ma chambre. Ce sera plus calme ! rétorqua Claire, les mots se bousculant dans sa gorge.

— J'aime autant pas, ma chérie. Il y a trop de distractions dans ta chambre. Restez ici, comme ça j'assisterai à la leçon... ça ne me fera pas de mal de me remettre à niveau en maths !

Claire ne parvint pas à interpréter les intentions de sa mère. Imaginait-elle Tom lui faire des cochonneries dans sa chambre ? Dans ce cas, pourquoi lui faisait-elle confiance pour lui donner des cours ?

Malheureusement, c'était à prendre ou à laisser. L'adolescente s'installa avec son nouveau professeur particulier à la table du salon et y étala ses livres scolaires.

Elle ne retint rien de ce premier cours, si ce n'était qu'il sentait merveilleusement bon, qu'il avait deux grains de beauté devant l'oreille droite, qu'il se rasait, qu'il portait de nouveaux tatouages. Les deux prochaines semaines s'annonçaient formidables.

Il revint tous les jours, comme annoncé.

Après la leçon, Claire le suivait dans l'allée où il avait garé la mobylette rétro que lui avait donnée son père.

— Tu écoutes quoi ?

— Un groupe qui s'appelle Ramones. Tu veux essayer ?

— Ouais ! s'exclama Claire, en saisissant les écouteurs que lui tendait Tom.

Elle demeura devant lui, tenant les écouteurs à deux mains sur ses oreilles. Face à elle, Tom s'alluma une cigarette.

— Alors t'en penses quoi ?

— Ça te ressemble.

— Demain je te ferai écouter Metallica.

— Je connais, sourit Claire, ravie de partager ça avec lui.

— On pourra écouter ensemble, si tu veux. À condition que tu me fasses un sans-faute en maths.

— D'accord ! À demain alors.

— A demain, la puce.

C'était la première fois qu'il lui donnait un petit nom et Claire sentit son cœur s'emballer. C'était simple, en sa présence elle avait l'impression d'être droguée en permanence : arythmie cardiaque, étourdissements, alternance de frissons et de coups de chaleur...

Soit elle était amoureuse de lui à en perdre la tête, soit elle avait la grippe !

Elle consacra une heure supplémentaire à potasser ses maths et fit une forte impression au jeune homme le lendemain.

— C'est bien, observa-t-il. Tu as bien progressé. Qu'est-ce que tu comptes faire plus tard ?

— Je ne sais pas, répondit Claire en haussant les épaules. Du design peut-être ? Ou de l'architecture.

— Tu dessines ? Tu me montreras ?

— Je... oui si tu veux. Je vais chercher mon carnet de croquis.

Tom était assis à la table du jardin, concentré sur l'écran de son Smartphone, quand elle redescendit. Claire avait dévalé les marches quatre à quatre et s'arrêta d'un coup en apercevant sa mine sombre.

— Ça va ? lui dit-elle timidement.

Il verrouilla son écran et rejeta le téléphone sur la table d'un geste impatient.

— Oui. Rien d'important. C'est Cassandre qui me gonfle.

— Qui est Cassandre ?

— Ma copine. Ma future ex-copine, si ça continue comme ça. C'est pas grave j'en ai douze qui attendent derrière. Tu me montres tes dessins ?

Claire lui tendit le carnet d'une main mal assurée.

Copine.

Future ex-copine.

Douze qui attendent derrière.

Jamais elle n'avait envisagé que Tom puisse avoir une petite amie. Inconsciemment, elle était toujours partie du principe qu'il était la chasse gardée de sa sœur et elle ; que leur rivalité était le seul obstacle à surmonter pour gagner son intérêt. D'autres filles par paquets de douze ! Elles devaient toutes être grandes et belles, intelligentes en plus, des élèves de prépa… majeures évidemment, et expérimentées sexuellement.

Subitement elle se sentit mal dans son corps, pas assez sexy, pas assez femme, pas assez tout. Ses cheveux en bataille lui firent horreur, ses vêtements difformes plus encore. Tom ne parut pas relever son changement d'humeur et feuilletait tranquillement le carnet.

— C'est beau, ces lignes. Ça t'est venu tout seul ?

— Non, c'est le style d'un artiste qui s'appelle Quibe. C'est très pop et très structuré à la fois. J'aime la forme pure. J'aime bien Egon Schiele aussi.

— Je ne connais pas.

— Regarde sur Google, tu verras. Il était punk, pour son époque.

— Tu saurais faire mon portrait ?

Claire écarquilla les yeux.

— J'oserais jamais ! Et si je te loupais ?

— Et bien tant pis ! Mais si tu me réussis, je garderai ce croquis précieusement toute ma vie.

— D'accord… demain ?

— Pourquoi pas tout de suite, tu avais quelque chose de plus urgent à faire ?

Tout de suite ? Elle avait surtout envie de faire pipi, le trac, l'estomac noué et les mains tremblantes. Tout ça à la fois. Elle aurait aimé disposer de 24 heures pour se faire à l'idée. Mais il était là, face à elle, avec son sourire ravageur

et elle se mordit l'intérieur des joues. Dessiner Tom Leroy !
Elle n'en revenait pas de sa chance.

C'était plus qu'elle n'avait espéré.

Restait bien sûr, à ne pas le massacrer lamentablement.

***

2019

Il était une heure du matin quand Georges et Claire quittèrent l'hôpital.

La cheville de Georges était plâtrée, et il eut d'immenses difficultés à monter les escaliers qui menaient à la porte d'entrée de la maison. Tom les suivait de près en moto. Il trouva Claire assise dans le canapé, l'air malheureux, et vint s'asseoir près d'elle.

— Ce n'est pas ton jour, murmura-t-il. Je peux faire quelque chose pour t'aider ?

Claire se prit le visage dans les mains :

— Papa ne peut pas monter les escaliers. Je dois déménager sa chambre au rez-de-chaussée, lui trouver une aide à domicile, la payer je-ne-sais-comment, et tout ça sans oublier de rendre mes couleurs pour dans dix jours. Je ne vais pas y arriver, Tom.

— Tu n'es pas seule, je suis là, dit Tom en la prenant affectueusement par les épaules.

Il la touchait. Encore...

Est-ce qu'il le faisait exprès ?

Tom lui soufflait le chaud et le froid… À moins que ça soit elle qui ait commencé ?

Dès qu'ils étaient dans la même pièce, l'air devenait électrique.

« Et que fais-tu de ta sœur ? De ton discours d'hier à propos de ne pas briser sa vie, de ne pas détruire ta famille ? »

Et lui alors ?

Elle se dégagea d'un coup d'épaule :

— Tom, on s'est mis d'accord tout à l'heure que Cécile mérite mieux qu'être larguée à distance sur un coup de tête et que moi, je mérite mieux qu'un lâche.

Il retira sa main, et Claire regretta immédiatement cette saillie. Puisqu'elle ne pouvait pas l'avoir pour elle, au moins sentir sa présence, chaude et rassurante contre sa peau, lui faisait du bien. Il fallait qu'elle se fasse à l'idée qu'elle n'aurait jamais davantage. Cécile avait gagné.

Il lui manquait déjà.

— Demain je bosse, reprit-il, mais je peux passer dans la soirée donner un coup de main. En tout bien tout honneur.

— Je n'ai besoin de rien qui vienne de toi, Tom Leroy ! cracha Claire avec plus d'agressivité qu'elle n'en avait réellement l'intention.

Tom se leva.

— Écoute, tu es furieuse contre moi et je le comprends, mais tu ne peux pas porter ta famille sur tes seules épaules. Tu vas t'effondrer. Accepte mon aide !

— Ce n'est pas ta tâche. C'est la mienne, c'est moi qui ai provoqué cette situation.

— C'était un accident et Cécile n'est pas là. C'est un hasard. Je suis là, moi. Je reviendrai demain pour déménager la chambre de ton père.

— Non, interrompit Claire, les dents serrées.

— Ce n'était pas une question, Claire. Tu peux bouder tant que tu veux, je ne te laisserai pas te tuer à la tâche.

Libre à toi de te morfondre ce soir, mais je reviendrai demain.

— Tu es insupportable, gémit la jeune femme, résignée.

— Tu m'aimes comme ça…

Tom se pencha et lui fit un baiser sur le front.

— À demain, Clarinette.

Elle resta assise et écouta sans bouger la porte d'entrée claquer puis la moto démarrer.

«Je t'aime comme ça, putain.»

«Je t'aime.»

À chaque minute qui passait, Claire sentait sa détermination se déliter. Elle voulait qu'il la repousse parce qu'elle était incapable de se retenir. Elle avait besoin qu'il soit fort, et ferme, pour eux deux. Son cœur à elle était trop vulnérable pour s'y fier et sa raison… Quelle raison?

Elle aurait voulu être fille unique.

Ou à défaut, devenir amnésique, oublier jusqu'à l'existence de Cécile et prendre cet homme. Au sens charnel du terme ; en faire offrande à son corps pour qu'il cesse de la torturer.

Peut-être était-ce de la faute de Tom si elle n'avait jamais réussi à tomber amoureuse, si sa première fois avait été décevante, si les suivantes lui avaient apporté du plaisir sans la transporter. Peut-être était-ce de la faute de Tom si à l'inverse, Cécile dévorait les hommes sans jamais parvenir à rassasier ses sens.

C'est une question qui ne trouverait pas de réponse ici, maintenant, et Claire se dirigea vers le bureau pour allumer son ordinateur. Puisqu'elle ne pouvait pas dormir, autant travailler…

**

Tom roulait vite. La route avait été salée et le verglas du matin s'était liquéfié sous les pneus des nombreux véhicules à rejoindre Annecy depuis les hauteurs.

Il ne comprenait pas ce que voulait Claire. Il ne comprenait pas ce que lui-même voulait ! Il aimait Cécile, leur relation lui convenait parfaitement, et il n'avait pas songé à Claire une seule fois depuis dix ans.

Quel menteur.

Il avait pensé à elle tout le temps, mais pas « comme ça », pas comme une amante. Comme un fantasme d'ado, un désir interdit pour une fille trop jeune, quelque chose de terriblement érotique, mais de tout à fait intouchable.

Aujourd'hui, elle n'était plus « trop jeune », mais n'en demeurait pas moins intouchable, au sens propre comme au figuré, et il ne comprenait pas pourquoi cette simple interdiction lui faisait un tel effet.

Il ressentait un besoin physique d'être près d'elle.

L'odeur de sa peau, de ses cheveux, la perle discrète dans le lobe de son oreille — il avait envie de le mordiller — ses regards fuyants, la rougeur de ses joues… sa façon de s'énerver contre lui, brutalement, et de le regretter ensuite. Elle était sur la défensive parce qu'elle était vulnérable.

Il était trop expérimenté pour ne pas reconnaître une femme amoureuse. S'il la poussait un peu, elle coucherait avec lui. Elle était… mûre ?

Tom grimaça sous son casque. Il n'aimait pas cette expression, l'image que ça renvoyait de Claire et celle que ça renvoyait de lui-même. La vérité, c'était qu'il avait envie d'elle à s'en damner, et qu'il aurait quitté Cécile sur-le-champ s'il n'avait pas été certain que ça aurait des conséquences funestes sur sa sœur cadette. Quitter l'une à cause de l'autre déchirerait la famille et mettrait Claire dans une position insoutenable vis-à-vis de son aînée et de son père.

Et puis que ferait-il ensuite ?

Mettre Claire Pasteur dans son lit, lui faire l'amour avec la passion charnelle en suspens entre eux depuis dix ans, libérer la tension accumulée et puis quoi ? Retourner au boulot, gérer Cécile qui le haïrait, Georges qui le maudirait, et Claire qui rentrerait vivre à mille kilomètres et qu'il ne reverrait probablement pas dans les dix années suivantes ?

Il était évident que leur relation serait à jamais complexe, mais elle n'était pas obligée de devenir destructrice.

Claire se trouvait dans une détresse extrême, et elle avait besoin d'aide, quoi qu'elle en dise. À part lui, elle n'avait pas d'amis sur place, aucun contact. Par respect pour son père, par amitié pour elle et par amour pour Cécile, il ne pouvait pas simplement détourner le regard de sa situation.

Il gara sa moto dans la cour intérieure du petit immeuble de ville dont il occupait le deuxième étage et le casque à la main, tira son téléphone de sa poche.

Dans la soirée, profitant d'une absence de Claire qui était partie quelques minutes aux toilettes, il avait obtenu son numéro auprès de Georges.

Essaie de dormir un peu, quand même. Je prendrai des nouvelles demain. Tom

Qui t'a donné mon numéro ?

Ton père ;-) je crois qu'il m'aime bien.

C'est officiel, je vais lui casser l'autre cheville.

Bonne nuit à toi Clarinette. Tom.

Chapitre 6

— Allô ? Claire, il est une heure du matin, quelque chose ne va pas ?

— Je te réveille ?

— Oui. Mais ça ne fait rien. Tout va bien ?

Claire ferma les yeux, le téléphone collé à l'oreille.

Elle n'était pas certaine de la raison pour laquelle elle avait appelé Riad. Peut-être le besoin d'entendre une voix rassurante, celle d'un ami. Peut-être aussi pour tester ses sentiments ; la voix de son amant, meilleur ami et partenaire non-officiel lui ferait-il moitié autant d'effet qu'un texto de Tom Leroy ?

La démonstration était édifiante : elle ne ressentait rien. Pas d'émotion, pas de frisson. Il ne lui manquait pas. Et elle espérait qu'il ne comptait pas sur elle pour s'envoyer en l'air à son retour parce que la seule idée de coucher avec la faisait grimacer... en quarante-huit heures, sa perception du monde avait changé du tout au tout.

— Ça ne va pas terrible, soupira-t-elle. Le weekend a été éprouvant, tous ces rituels autour de la mort de maman...

— C'était glauque ?

— Pas vraiment, mais triste. Disons que ça n'était pas un séjour de détente.

— C'est bientôt fini, tu reprends la route demain ?

— Justement non, souffla Claire, et c'est la raison de mon appel. Mon père s'est blessé et je vais rester près de lui quelques jours.

— Oh. Rien de grave ?

— Une cheville cassée. Assez grave pour que je ne puisse pas vraiment le laisser seul.

Il y eut un silence, puis Riad demanda :

— Mais, ton album ? Tu ne dois pas rendre les planches la semaine prochaine ?

— Si, si. Je vais le finir ici. J'ai mon mac, mon écran, ma tablette. Ça ira.

— D'accord. Bon courage alors. Appelle-moi si tu as besoin de quelque chose, même si d'ici je ne vois pas bien comment je pourrais t'aider. En tous cas si tu dois parler…

Claire respirait vite. Il reprit :

— Il y a autre chose ?

— Riad. Je… J'ai rencontré quelqu'un.

— Comment ça ? À l'enterrement de ta mère, tu as rencontré quelqu'un ?

— Oui.

Elle n'avait pas besoin de lui en parler. Quelle mouche l'avait piquée ? Et pourtant, mettre les mots sur sa situation l'aidait à l'appréhender, à en dessiner les contours. En effet, à l'enterrement de sa mère, elle avait rencontré quelqu'un.

Elle prit une grande inspiration :

— Je ne sais pas si on est un couple, toi et moi, on n'en a jamais vraiment parlé. Mais… s'il y a eu quelque chose, c'est fini. Donc… Restons amis.

— Mais c'est du sérieux ? C'est quelqu'un sur place ? Vous allez… vivre ensemble ?

— Je n'en sais rien. J'ai eu besoin de te le dire, c'est tout. Parce que… je ne sais pas où ça nous mène, mais je vais devoir vivre avec à partir de maintenant.

— Avec lui ?

— Avec mes sentiments pour lui. C'est compliqué.

— Claire, reprit Riad d'une voix blanche, est-ce que tu m'appelles à 1h30 du matin pour m'annoncer que tu ne vas pas rentrer à Bruxelles, que tu restes en Haute-Savoie ?

— Non ! Non, je vais rentrer, quand papa ira mieux.

Claire se sentait perdue. Au fond d'elle, oui, elle avait imaginé ne pas rentrer à Bruxelles. Elle se demandait à quoi ressemblait la maison de Tom. Est-ce qu'il avait des animaux ? Les vétérinaires avaient toujours des animaux.

La voix de son colocataire retentit de nouveau dans le smartphone :

— Est-ce que tu as inventé cette histoire de blessure à la cheville pour justifier de ne pas rentrer à la maison ?

Elle fronça les sourcils ; elle n'appréciait pas le ton employé.

— Alors, déjà je n'ai pas à justifier de mes allées et venues, à personne. Et ensuite, non ce n'est pas un mensonge, j'ai passé la soirée aux urgences avec papa et je suis épuisée, merci de ta sollicitude.

— Merci de la tienne, surtout ! Quelle était l'urgence pour me larguer par téléphone au milieu de la nuit ? Tu as besoin de ma validation pour coucher avec, ou quoi ?

— Hé ! Déjà il n'y a rien à larguer. On est colocataires, pas mariés !

— Ah ouais ? Et qu'est-ce que tu viens de faire avec tes minauderies, « j'ai rencontré quelqu'un » ? Qu'est-ce que tu pensais que j'allais te répondre ?

La conversation ne se déroulait pas comme prévu. Elle cherchait du réconfort, une épaule sur laquelle s'épancher. Pourquoi est-ce que ça tournait au vinaigre ?

— Allô ? insista Riad. Je t'aime, Claire. Ça fait quatre ans qu'on vit ensemble, qu'on partage nos fous rires et nos galères. C'est pas rien ! Il compte plus que quatre ans de vie commune, ce Mister-Enterrement ?

Beaucoup plus. Tom Leroy comptait pour toute une vie. Mais ça, Riad n'était pas d'humeur à l'entendre.

— Riad, on ne vit pas ensemble toi et moi. On est juste potes. On n'est pas… amoureux.

— Toi pas, visiblement. Désolé d'avoir été un idiot sentimental et naïf !

Il coupa la communication. La jeune dessinatrice demeura stupéfaite, interloquée par la violence de leur échange. Une déclaration d'amour de Riad était la dernière chose à laquelle elle s'était attendue. Quand est-ce qu'ils s'étaient mis à vivre ensemble, comme un couple ? Ils faisaient chambre à part, même s'ils se rejoignaient souvent la nuit, dans le lit de l'un ou de l'autre. Ils partageaient leurs repas, leurs meubles, leurs soirées télé, leurs amis.

Mais ils n'avaient jamais parlé de sortir ensemble. Ça n'avait jamais été établi !

« Idiote », songea-t-elle. « Est-ce qu'un couple n'est pas ensemble à partir du moment où... ils se mettent à se comporter comme tel ? Pas besoin de signer un contrat… »

Elle prit progressivement conscience de ce qui venait de se passer : elle venait de rompre avec Riad parce qu'elle avait rencontré Tom.

Tom ne savait pas lui-même qu'il avait été rencontré, mais pour elle, c'était déjà trop. Cette décision lui avait paru la seule chose à faire, en entendant la voix de son ami au téléphone : lui dire la vérité et mettre un terme à leur parodie de relation. Riad ferait la gueule quelque temps, mais il s'en remettrait et à présent, la conscience de Claire était libre.

Elle était libre d'aimer Tom Leroy, même en secret, même en silence, droite dans ses bottes.

Mais Cécile…

Elle était sa sœur, sa moitié. Elle n'était pas un amant dont on se débarrasse d'un coup de fil bien placé. Elle serait toujours là, obstacle infranchissable entre Tom et Claire, et elle souffrirait.

Claire s'étira, brancha son téléphone, et monta les marches qui menaient à sa chambre. Il était temps d'aller dormir. La nuit porte conseil !

Tom reviendrait demain soir.

Leurs conversations d'antan, à propos de musique rock ou d'artistes pop lui manquaient. Encore quelques jours et ils parviendraient à se parler normalement, à retrouver leur complicité passée, elle en était certaine. Elle avait hâte de le revoir.

D'ici là, elle devait trouver une aide à domicile pour son père, et avancer autant que possible sur ses mises en couleur. Elle n'eut pas le temps d'y réfléchir. Épuisée par les émotions de la journée, elle s'était endormie.

***

Claire se jeta sur son téléphone lorsque le numéro de Tom s'afficha sur l'écran.

— Salut, dit-il tranquillement. Ça a été ta journée ? Comment va Georges ?

— Ça va. Il m'a aidée à éplucher internet pour comprendre comment embaucher une auxiliaire de vie… ça a été une galère innommable. J'ai à peine avancé sur mon travail de couleurs. Et toi ?

— Pas terrible. Il y avait un carton devant la porte de la clinique ce matin… c'était un chien mort, probablement resté là tout le weekend. Ça a donné le ton pour la journée.

— Quelle horreur… ça arrive souvent ?

— Les cartons c'est un peu ma hantise. Soit c'est des dépouilles, soit c'est des chatons ou des chiots. C'est rarement facile à gérer. Mais peu importe, rien d'inhabituel. Tu as mangé ?

— Pas encore, je pensais piocher dans les plats cuisinés ensemble samedi.

— Ce serait dommage de ponctionner les réserves de ton père. Que dirais-tu d'une paella à domicile ?

Claire sourit. Elle avait faim, l'idée lui parut merveilleuse.

— Ça a l'air parfait ! Il faut commander quelque part ?

— Pas la peine, c'est déjà livré.

À cet instant la sonnette retentit et Claire sursauta. Incrédule, elle ouvrit la porte, le smartphone à la main.

— Bon appétit, sourit Tom depuis le perron. J'ai apporté du vin aussi.

Il était incroyable. Comment pouvait-il la connaitre si bien ? Elle sentit une nuée de papillons prendre leur envol au fond de son ventre et pinça les lèvres, réprimant l'envie de lui sauter au cou.

— Georges est couché ? demanda Tom en retirant ses chaussures dans l'entrée.

— Non, il faut déménager sa chambre, tu te rappelles ? J'ai déjà tout mis en cartons, il ne reste qu'à intervertir les meubles.

— D'accord. Mangeons d'abord, on fera ça ensuite.

Claire porta le récipient de paella dans la cuisine.

Cette scène de bonheur conjugal — « bonsoir, mon chéri, as-tu passé une bonne journée ? Enlève tes chaussures et passons à table » — avait quelque chose de surnaturel et de banal à la fois. C'était comme basculer dans une réalité alternative où ils auraient été mariés, à la nuance près qu'elle ne s'envisageait pas femme au foyer, ni dans cette dimension ni dans aucune des suivantes.

Georges arriva bientôt en boitant sur des béquilles depuis le salon où Tom avait été le chercher.

— Je ne sais pas si c'est une bonne idée, cette aide à domicile, Claire. Je n'ai pas envie d'avoir une inconnue qui fouille dans mes affaires.

Claire leva les yeux au ciel :

— Papa, on en a déjà parlé. Même sans cheville cassée tu n'es plus en capacité de te nourrir toi-même et non, je ne vais pas venir habiter ici.

— Oh, c'est dommage, ironisa Tom. Toute la famille Pasteur de nouveau réunie ! Je suis sûr que ton père adorerait te voir plus souvent.

— Reste en dehors de ça, dit Claire en le fusillant du regard.

— Et moi aussi... continua le jeune homme en servant des portions de paella d'un air innocent.

— Tom a raison, intervint Georges. Tu nous manques, Clarinette, tu es trop loin. Je suis sûr que Cécile regrette aussi ton absence.

Claire crut recevoir un verre d'eau glacée au visage. Cécile était la dernière personne à qui elle avait envie de penser en ce moment, et pire encore : cette dernière avait tout intérêt à ce qu'elle se tienne à distance. Son père n'avait aucune idée de ce qui était en train de se tramer entre ses filles.

Cette idée la rendit vaguement malheureuse.

Son père ne l'imaginait pas parce que c'était inimaginable. Elle-même peinait à mettre des mots sur les bouleversements dans son cœur. Le seul qui pouvait la comprendre était… Tom Leroy, et Tom Leroy lui tendait une assiette fumante avec un clin d'œil.

Claire se sentit fondre.

Ils mangèrent de bon appétit, conversant peu. Tom était assis à la droite de Claire et elle ne put s'empêcher d'observer qu'il était à portée de sa main. Elle pourrait tendre discrètement le bras sous la table et lui caresser la cuisse sans que Georges ne se rende compte de rien.

Est-ce qu'il sursauterait ? Est-ce qu'il la laisserait faire ?

Tendre la main. Quelques centimètres. C'était si tentant qu'elle en eut un frisson. Elle s'était interdit de le toucher, pour une bonne raison… précisément pour s'empêcher de commettre ce genre d'écart.

Claire soupira, optant pour la raison. Mais tout le temps que dura le repas, elle pria silencieusement que Tom fasse lui-même ce geste ; qu'il étende la main sous la table et la pose sur son genou, puis qu'il remonte à l'intérieur de sa cuisse. Elle le laisserait faire, pour voir jusqu'où il irait. Elle écarterait même un peu les jambes pour qu'il puisse glisser sa main plus haut, là où elle se sentait chaude et sensible à cette seule idée.

Se toucher l'un l'autre, discrètement, au nez et à la barbe des gens autour d'eux, c'était leur talent secret. N'avaient-ils pas longuement pratiqué le soir de la fête de la musique 2011 ? Elle en rêvait encore, parfois… une expérience à la fois chaste et terriblement érotique.

Mais si Tom partageait son trouble, il n'en montra rien. Tous trois achevèrent de dîner et Georges fit la vaisselle pendant que les deux jeunes gens débattaient de la meilleure façon d'opérer le déménagement. Après bien des discussions, un lit, un bureau, une multitude de boîtes et cartons, un étage, deux manutentionnaires fatigués quoique de bonne volonté... à 23h, Georges pu enfin emménager dans sa nouvelle chambre.

Claire avait une ampoule dans la paume de la main et certainement des bleus sur les tibias à force de se cogner dans les meubles en pin massif ; Tom s'étira longuement le dos, fourbu.

— Bonne nuit les jeunes, dit Georges en refermant sa porte, merci beaucoup.

Ils demeurèrent silencieux quelques instants, debout dans le couloir.

— Merci pour ton aide, dit finalement Claire en se massant la nuque, je n'aurais pas pu y arriver sans toi.

— Ce n'est rien, ça m'a fait plaisir.

— Est-ce que tu vas rentrer maintenant ? Tu travailles demain ?

— Je travaille oui... mais je ne suis pas obligé de rentrer tout de suite. Je pense qu'on a amplement mérité d'ouvrir la bouteille que j'ai amenée tout à l'heure !

Comment faisait-il ça, lisait-il dans ses pensées ? Ils se comprenaient sans même se parler, tout était si fluide, si naturel en sa présence !

Claire alla chercher deux verres et le tire-bouchon. Ils s'affalèrent dans le canapé du salon, face à la cheminée rougeoyante.

— À quoi on trinque ? dit Tom en levant son verre.

— Aux retrouvailles ? proposa Claire.

— À l'amitié, ajouta le jeune homme.

— À l'amour aussi.

Il se tut. Elle le regardait dans les yeux, et il fit délicatement tinter leurs verres.

— À l'amour, alors, dit-il enfin.

***

2011

Il pleut toujours, le 21 juin, alors que sont installées les estrades en plein air pour la fête de la musique.

Cette soirée-là ne faisait pas exception et Claire se rabattit sur son smartphone, cherchant chez qui passer la soirée au lieu de prendre froid sous l'averse.

En trois textos stratégiques, elle avait une invitation à rejoindre un groupe chez Rodolphe Maurel, un gars de la bande à Cécile, du temps du lycée.

Il étudiait le commerce à l'Université de Savoie, à Chambéry, était de retour pour quelques jours, et ses parents n'étaient pas là. Il y avait surtout des gens de leur groupe : Edouard, Gwendoline, Jeanne… et quelques ados plus jeunes, des frères et sœurs qui s'étaient imposés pour la soirée.

Elle prit une bière dans le frigo, vint s'installer dans le canapé, face à la télé qui diffusait MTV. La musique lui déplut, mais elle ne connaissait pas assez de monde pour s'imposer.

À vingt-trois heures, après quelques parties endiablées de Guitar Hero et trop de bières pour son estomac, la jeune fille adressa un texto à sa mère, pour demander si elle pouvait rester dormir chez Rodolphe. La fête battait son plein, il y avait des filles et des garçons (elle avait fumé un peu de cannabis et bu de l'alcool), Tom Leroy était là aussi, elle ne risquait rien !

Vers une heure du matin, on déplia le canapé, gonfla des matelas. Quelqu'un avait vomi sur la terrasse. Edouard embrassait un jeune homme que Claire n'avait jamais vu. Titubant, elle chercha une place où s'allonger. Ça gloussait, à droite à gauche ; une fille dormait la bouche ouverte.

Claire enjamba quelqu'un et s'allongea sur un matelas coincé entre le canapé et la table basse.

— Y'a de la place pour deux ? demanda Tom Leroy en prenant place à côté d'elle.

C'était un matelas une place, il faudrait se serrer. Elle se recroquevilla contre le canapé pour lui faire un peu d'espace.

— Tu n'es pas à Lyon ? dit timidement Claire.

— Hé non, sourit Tom en se glissant sous le plaid. Je suis passé voir ma mère… résultat je suis ici au lieu d'être avec elle.

Il faisait chaud et sombre à l'abri de la couverture. Ils n'entendaient plus la pluie ni la cacophonie de la télévision. À voix basse, Tom prit des nouvelles de Cécile, des notes de Claire, de son année de seconde. Il râla un peu sur la difficulté de la première année en véto, mais il était content de sa décision.

— Et mon dessin, tu l'as gardé ? chuchota Claire.

— Chez moi... précieusement. J'y tiens beaucoup.

Claire rougit un peu.

« Il y tient beaucoup… »

— Ta copine n'est pas jalouse ?

— Non. Est-ce qu'elle devrait ?

L'air devint soudain électrique. Claire avait posé la question pour savoir s'il avait quelqu'un, et Tom était trop intelligent pour ne pas voir clair dans son jeu.

Il avait une copine et elle s'en foutait.

C'était maintenant.

Maintenant.

— Si j'étais ta copine et que tu étais allongée avec une autre sous un plaid, je serais jalouse, oui, souffla-t-elle.

— On ne fait rien de mal, on discute... pour l'instant.

Claire se tut. Son cœur battait vite. Elle ne distinguait pas bien son visage, mais elle sentait son souffle chaud contre sa peau.

La main de Tom s'étira sous le plaid et vint se poser sur sa taille, remonter le long de son dos. Elle tressaillit. Il la serra lentement, imperceptiblement, contre lui.

— Et toi, Clarinette, dit-il doucement, tu as un copain ?

Elle en avait un. Elle sortait avec Antoine depuis les vacances de printemps. C'était un garçon de sa classe avec qui elle s'entendait bien, mais soudain, il n'existait plus. Quand Tom entrait dans son champ de vision, rien d'autre n'avait d'importance.

— Oui, chuchota-t-elle. Est-ce que ça va t'empêcher de m'embrasser ?

Il ne lui en fallait pas davantage. Il referma l'espace entre eux.

Claire retint sa respiration. Les lèvres de Tom sur les siennes avaient quelque chose de divin. Elle entrouvrit la bouche, pour l'accueillir, le sentir mieux, le goûter davantage, et elle trouva la pointe de sa langue, d'abord timide.

Elle resserra les doigts sur son t-shirt, l'attira contre elle. Depuis combien d'années rêvait-elle de cet instant ? Depuis le baiser sur la plage, deux ans auparavant.

Mais cette fois-ci, ce n'était ni un jeu ni un pari.

Elle inclina naturellement la tête sur le côté pour approfondir le baiser. Leurs bouches s'ouvrirent, leurs langues se trouvèrent. Il y avait une note l'alcool dans son haleine — ou était-ce la sienne propre ? —, de sucre aussi. Un peu de tabac. Les bras de Tom glissaient sur son dos, par-dessus son t-shirt. Une main passa dessous et Claire gémit en sentant le contact sur sa peau. Elle s'approcha, blottit son buste contre lui, cogna contre ses jambes. Personne ne pouvait les voir. Ils étaient silencieux, abrités sous le plaid, au milieu d'un groupe aviné. On ne leur prêtait pas attention, et elle s'abandonna à ce baiser, savourant le moelleux de ses lèvres.

Puis la bouche de Tom se détacha de la sienne, et vint se poser sur sa mâchoire, glisser contre sa gorge. Claire réprima un gémissement alors que la pointe veloutée de sa langue venait tracer des sillons humides sur sa peau. Il paraissait la savourer comme il l'aurait fait d'une fraise, lentement, avec délectation. Elle rejeta la tête en arrière, glissa les doigts dans ses cheveux. Ses hanches ondulaient sous ses caresses, sans qu'elle n'en maîtrise les mouvements. C'était comme si son ventre avait pris les commandes et cherchait le contact. Elle sentait une chaleur l'inonder, le besoin qu'il la touche, plus bas. Un désir sexuel, sensuel, qu'elle n'avait pas ressenti dans les bras de ses petits copains précédents. Un désir que lui seul savait éveiller en elle.

Tom quitta sa gorge et revint vers sa bouche ; elle le happa, l'embrassa encore, prenant l'initiative. Voluptueuse. Assoiffée. Son cœur battait dans ses tempes.

Allait-elle se réveiller ?

Allait-il soudain la repousser et la planter là ? Ce qu'il lui donnait, il fallait qu'elle le prenne. Il pouvait lui échapper, et disparaître, à tout moment. Il s'écarta d'elle, reprit sa respiration. Elle vit qu'il souriait, mais ne lui laissa pas le temps de parler.

— Tais-toi et embrasse-moi, souffla-t-elle en l'attirant de nouveau contre sa bouche.

Il obéit, et rendit chaque baiser, chaque caresse.

Combien de temps restèrent-ils ainsi, dans la chaleur obscure d'une couverture, à s'embrasser jusqu'à en perdre haleine ?

La pièce était silencieuse, à l'exception de leurs soupirs enfiévrés.

Claire glissa les mains sous le t-shirt de Tom, frémit au contact de sa peau, de ses muscles. Elle sentit sous ses doigts un sillon de poils descendant jusqu'à la ceinture de son jean et le suivit, mais la main du jeune homme l'arrêta avant qu'elle ne referme les doigts sur son sexe en érection.

— Non, Claire, murmura-t-il. Pas encore.

Elle acquiesça, et tout en l'embrassant de plus belle, lui retira son t-shirt. Sa peau était chaude, ses épaules et son torse couverts de dessins à l'encre noire. Elle n'en distinguait pas les détails, y blottit son visage, sa bouche, lécha la ligne de son cou, jusqu'à son oreille. Il gloussa.

— Quelle passion, jeune fille !

— Ce n'est que le début, répondit-elle en lui prenant les lèvres.

Elle l'embrassa longuement, jouant avec sa langue, respirant son souffle, frottant ses seins contre sa peau.

Elle gémit lorsqu'il posa une main sur sa poitrine, frôla le téton du pouce. Il avait cessé de l'embrasser et elle ouvrit les yeux.

— À toi, chuchota-t-il.

Claire se redressa et passa son t-shirt par-dessus sa tête. C'était la première fois qu'elle se déshabillait devant un homme. Elle n'avait jamais fait l'amour. Elle n'avait jamais touché un pénis.

Elle s'était déjà touchée, seule, devant des vidéos porno, sans trouver ça concluant. Mais là…

Son corps réclamait des caresses. Elle sentait que son sexe avait enflé, elle sentait le bouton de son clitoris brûler dans son jean. Elle avait envie de se déshabiller, de se toucher. Elle avait envie qu'il la touche et la fasse jouir. Ce serait une première fois… sa première fois avec Tom Leroy, c'était parfait. Elle était prête.

Tom la soutint des deux mains et la fit basculer sur le dos. Elle écarta les jambes pour qu'il y trouve une place et il s'allongea contre elle, en appui sur un coude, pour l'embrasser de plus belle.

Tous deux portaient leurs jeans. Celui de Tom était déformé par son érection. Claire sentait que le sien était trempé. Tom était torse nu, et avec délicatesse, il glissa les mains dans son dos pour dégrafer son soutien-gorge.

Claire se cambra pour le laisser passer, dressant les pointes de ses tétons dans sa direction. Tom sourit. Il avait les yeux brillants et les joues chaudes.

— Putain Claire. J'ai envie de toi depuis tellement longtemps… Est-ce que ?

Elle hocha la tête, l'embrassa encore.

Qu'il la prenne. Ici. Au milieu des gens, elle s'en foutait. Qu'il la prenne enfin et mette fin à des années de torture !

Tom descendit sous le plaid et délicatement, referma sa bouche sur la pointe de son sein.

Claire gémit avec une telle volupté qu'elle crut avoir réveillé les dormeurs. La langue de Tom sur son téton déclencha une éruption de lave entre ses jambes. Elle avait tant besoin qu'il la touche qu'elle bascula le bassin et vint se frotter contre lui, longuement, de haut en bas.

Il gémit à son tour, resserra les lèvres sur son téton. De la main gauche, il caressait l'autre, le faisait rouler entre ses doigts.

Claire voyait des étincelles ; sa tête lui tournait. Elle s'agrippait aux cheveux de Tom, tira son visage contre elle ; le contraignit à la lâcher, à reprendre sa bouche.

— Je veux faire l'amour avec toi, parvint-elle à dire, rougissant elle-même des propos qu'elle tenait.

En guise de réponse il l'embrassa longuement, tendrement. Elle détacha leurs bouches :

— Fais-le, Tom. J'ai envie de toi.

— Claire, murmura-t-il. Quel âge as-tu ?

— Seize ans. Et alors ? Je t'aime… Je t'aime depuis des années. J'ai envie que ma première fois soit avec toi.

— Claire. Je ne peux pas. Je suis majeur. C'est interdit.

— Tu n'en as pas envie ? Je ne suis pas assez jolie pour toi ?

Elle sentit des larmes se coincer dans sa gorge, sa voix trembler un peu…

— J'en ai très envie. Et tu es la plus jolie fille que j'ai jamais rencontrée. J'ai envie de toi depuis… trop longtemps. Mais tu n'as que seize ans. Et tu mérites mieux pour ta première fois qu'une passade à la va-vite au milieu d'un salon.

— Je m'en fous des autres. Je suis prête, Tom.

— Je sais, Clarinette. Mais tu as bu, aussi. Je ne dois pas faire ça. Mais je peux continuer à t'embrasser, toute la nuit si tu veux. Sans aller plus loin.

Une larme roula sur la joue de Claire, et Tom l'essuya du bout de sa langue.

— Ne pleure pas, ma puce. Je suis là.

Elle referma les bras autour de son cou, dans un nouveau baiser au goût salé. Elle aimait le sentir contre elle, peser sur elle, ses mains sur ses seins, son sexe contre le sien. Elle bascula les hanches pour se frotter à son érection et il laissa échapper un soupir guttural à ce contact.

Alors, sans cesser de s'embrasser, sans se déshabiller, sans pénétration, ils firent l'amour en secret. Tom et Claire, transportés par leurs baisers, les corps à l'unisson, ondulant l'un contre l'autre, frottant leurs sexes avides à travers la toile de leurs jeans. Claire sentait monter son plaisir, cherchait le contact, l'apaisement contre le pénis raide, hors de sa portée, de Tom. C'était dur. C'était long. Ça frottait contre elle sur toute la hauteur, depuis la perle sensible tout en haut jusqu'à l'entrée secrète, brûlante, tout en bas. Elle en aurait pleuré de bonheur… de frustration aussi. Il lui faisait l'amour sans la toucher, sans cesser de l'embrasser, sans relâcher ses seins, ses reins. Est-ce que c'était ça, le sexe ? Est-ce que c'était toujours si bon ?

Soudain, elle sentit quelque chose monter, une tension dans ses orteils, dans ses cuisses, une chaleur irradiant de son ventre et elle crut qu'elle allait rompre quand l'orgasme déferla sur elle. Elle poussa un cri, que Tom étouffa de sa bouche, alors qu'elle haletait contre lui, tremblante, les hanches agitées de soubresauts.

Lorsqu'elle ouvrit les yeux, il lui souriait, en silence.

— Est-ce que ça va ? dit-il doucement.

— Je t'aime, répondit Claire, et elle réalisa qu'elle pleurait.

***

2019

Claire sirotait son verre de vin en écoutant craquer le feu dans la cheminée.

Elle était partagée entre anxiété et anticipation. Anticipation parce qu'elle brûlait de rompre sa promesse, de se jeter sur Tom, de l'embrasser de nouveau ; anxiété, parce qu'elle avait peur de ce que ça dirait d'elle si elle le faisait, et des conséquences sur sa vie autant que sur celle de Cécile.

— Alors, dit Tom pour rompre le silence. Comment tu vas ? Est-ce que... tu es heureuse ? À Bruxelles je veux dire ?

Elle se mordit la lèvre ; la question était difficile, surtout ici, maintenant.

Elle haussa les épaules.

— Voilà ce que je te propose, reprit Tom en lui servant un deuxième verre de vin. On pose une question chacun son tour, et on doit répondre honnêtement, sans mauvaise foi, et sans négativité.

— Comment, sans négativité ?

— Que des trucs qu'on aime. Pour sortir de la morosité. Je commence ?

— D'accord, acquiesça Claire, perplexe.

— Okay. Parle-moi de quelque chose que tu aimes.

Claire hésita. Il lui venait des tas d'idées, mais elle trouvait le piège grossier, même en ayant un peu bu. Elle sourit malicieusement :

— Le Paris-Brest… j'adore la crème pralinée ! Et toi… ton livre de chevet ?

— Je ne lis pas beaucoup… je suis plutôt branché musique. Le dernier roman que j'ai lu c'était… Brume, de Stephen King. Et le tien ?

Claire sourit. Il jouait le jeu de la conversation innocente, alors elle se ferait une joie de répondre à cette question.

— Mon livre préféré est un roman graphique. Ça s'appelle *Blankets*, par Craig Thompson. Ça raconte… un premier amour entre deux adolescents. Les tensions, les silences, la passion et les déchirures. C'est très beau.

— C'est une bande dessinée ?

— Un pavé oui, plus de cinq cents pages en noir et blanc. Et toi, tu as un artiste préféré ?

Tom la regarda avec une telle intensité que Claire détourna les yeux.

— Oui. Une artiste que j'admire m'a offert un dessin, un jour.

Claire ne comprit pas immédiatement.

— Quelle artiste ?

— Claire Pasteur, répondit Tom en souriant. Le croquis qu'elle a fait de me moi ne me quitte plus.

La jeune femme rit et lui mit une tape :

— Arrête, tu bluffes. Tu as gardé ce dessin toutes ces années ?

— Je ne bluffe pas. Je suis très sérieux. Je l'ai toujours sur moi.

— Montre-le-moi, alors !

Elle but une gorgée de vin, s'imaginant le voir bafouiller et s'engluer dans un mensonge.

À la place, Tom avait les yeux brillants.

— D'accord.

Il déposa son verre et tirant sur son col, retira son t-shirt.

Claire s'empourpra et manqua de recracher son vin.

— Qu'est-ce que tu fais ? Rhabille-toi !

— Je croyais que tu voulais voir ton dessin, Clarinette… regarde.

Sous la clavicule, il portait un visage tatoué. Son croquis, celui de ce jour de troisième où après la leçon de maths, elle avait dessiné son portrait. Il portait même la signature, minuscule : CP10.

Claire Pasteur 2010.

— Tu as un dessin de toi-même tatoué sur ton torse ? Ça va la grosse tête ? se moqua-t-elle pour dissimuler sa gêne.

— C'est surtout un dessin « de » toi. Que tu m'as offert… le seul que tu m'aies offert. J'avais si peur de le perdre que j'ai opté pour une solution indélébile…

Le cœur de Claire battait fort. Elle était touchée par les propos de Tom… il s'était fait graver à même la peau le dessin qu'elle lui avait offert ! C'était le geste le plus absurdement romantique qu'elle n'ait jamais vu, et ça venait de Tom, le petit ami de sa sœur. Pourquoi la vie était-elle si compliquée ?

— Tu as d'autres questions ? demanda doucement Tom, alors que Claire effleurait du bout des doigts les lignes du tatouage.

C'était un bel homme. Il devait fréquenter une salle de sport pour avoir le torse si large.

— Je… C'est quoi les autres tatouages ? bafouilla-t-elle.

— Différentes choses qui correspondent à différentes phases de ma vie. Ce portrait-là, c'est mon adolescence. Avec toi.

Claire leva les yeux, croisa son regard.

— On n'a presque rien en commun, Tom. Tu étais dans la classe de ma sœur. À part des cours particuliers pendant les vacances et… cette soirée à la fête de la musique, tu ne t'es jamais intéressé à moi. C'est de Cécile que tu es proche.

— C'est ce que le destin essaie de te faire croire, ça. De mon point de vue, tu as toujours été là. Intouchable. Défendue… Aujourd'hui ce n'est pas différent, finalement.

Claire retira vivement sa main, réalisant qu'elle suivait les lignes à l'encre sur son torse du bout des doigts, rompant la règle qu'elle-même s'était imposée. Elle respirait vite, la gorge serrée.

— On ne devrait pas être là. C'est cruel… pour Cécile.

— On ne fait rien de mal, on discute... pour l'instant.

Elle sursauta. Elle connaissait cette phrase. Le souvenir d'une étreinte, d'une nuit d'amour, de baisers enfiévrés… tout lui revint d'un coup, et elle recula. Tom n'avait pas bougé, et la regardait fixement.

— Et toi, Clarinette, dit-il encore, faisant vibrer le timbre grave de sa voix, tu as un copain ?

Elle connaissait la suite.

Le sol, le canapé, la nuit, l'alcool, le silence. Le cadre était le même. Elle savait exactement où ils allaient et bon sang, elle n'avait plus la force de lutter.

Elle n'en pouvait plus de prétendre.

Certains couples prétendent qu'ils sont amoureux pour ne pas admettre rester ensemble par convenances et par ennui. Claire, à l'inverse, feignait l'indifférence depuis trois jours alors qu'elle se consumait d'amour pour Tom Leroy. Elle était épuisée. Sa résistance s'ébréchait, heure après heure.

— Oui, chuchota-t-elle alors. Est-ce que ça va t'empêcher de m'embrasser ?

— Est-ce que c'est ce que tu veux ? souffla Tom, en se penchant vers elle.

— Oui. J'en peux plus. C'est... c'est trop difficile.

Elle s'humecta les lèvres et déglutit, le cœur battant. Elle avait froid. Elle sentait son souffle contre sa peau, tout près. Il effleura son visage du bout des lèvres, caressant sa pommette, sa paupière. La peau de Claire s'était couverte de chair de poule, alors qu'elle se penchait en avant.

Il sourit tristement, contre sa bouche :

— Tu n'as plus seize ans... je ne sais pas si je vais pouvoir m'arrêter.

— Je m'en fiche. Je ne voulais déjà pas que tu arrêtes quand j'avais seize ans.

— J'avais déjà une copine à l'époque.

— Et je m'en foutais déjà. Embrasse-moi, Tom Leroy, ça fait dix ans que j'attends ça.

Elle sentit ses doigts glisser dans ses cheveux, derrière sa nuque, et sa main l'attirer contre lui. Claire ferma les yeux.

Il l'embrassa.

Une vague de sensations et de souvenirs brûlants déferla dans ses veines. Tendresse, passion, salive, douceur, velouté, sensualité, fièvre.

Leurs bouches se goûtaient, matures, expérimentées ; leurs langues se cherchaient. Claire gémit de bonheur alors que Tom glissait une main dans son dos pour l'attirer contre lui, et elle osa le toucher, s'accrocher à ses épaules, à sa nuque. Elle l'embrassa, à en perdre haleine, oubliant la maison, ignorant son père dans la pièce à côté, reniant sa sœur à l'autre bout du monde ; seule, enfin, dans les bras de Tom Leroy qui l'embrassait en retour, comme si c'était la première fois. Ses lèvres étaient chaudes, il sentait le musc et elle voulait toujours humer ce parfum piquant qui trahissait son envie d'elle.

La main de Tom quitta la nuque, descendit sur le bras, caressa la clavicule et enfin, vint glisser délicatement sur le sein gauche de Claire, qui tressaillit.

Il était torse nu, elle voulait être nue aussi. Elle voulait le déshabiller entièrement, l'admirer en pleine lumière, savourer sa peau sous la langue, suivre le sillon brun jusque dans le jean qu'elle déboutonnerait et le recevoir entre ses lèvres, entier, à pleine bouche. Ses rêves érotiques les plus intenses n'égaleraient jamais cette sensation-là.

Des deux mains, elle s'agrippa à la braguette de Tom, sans cesser de l'embrasser, et entreprit d'en défaire les boutons.

À cet instant, un téléphone sonna.

Elle ne reconnut pas la sonnerie. Ce n'était pas la sienne.

Tom se figea.

— Merde, c'est Cécile, dit-il en s'arrachant de l'étreinte de Claire.

— À deux heures du matin ? On s'en fout, laisse sonner, protesta la jeune femme, encore enfiévrée.

— C'est la fin d'après-midi aux États-Unis. Je dois décrocher.

Claire fronça les sourcils :

— Ne décroche pas. Reste avec moi, Tom.

— Je dois prendre cet appel, balbutia-t-il. Je… je reviens.

Il prit appui sur son bras pour se relever, fit glisser son pouce sur son écran.

Soudain Claire fut seule, elle eut froid. Cet appel l'avait dégrisée d'un coup.

Elle tira vers elle la couverture de tricot jetée sur le canapé, et contempla le désastre de sa vie.

À quoi en était-elle réduite… Voler le copain de sa sœur ?

N'avait-elle aucune dignité ?

Chapitre 7

* Bonjour, bien dormi ?
* Claire, je ne sais pas quoi dire. Je ne sais pas comment
rattraper le désastre d'hier soir.
* Claire parle-moi stp

Claire s'éveilla à 11h du matin au son de son père qui s'affairait dans la maison. Arôme de café, couverts qui s'entrechoquent. Elle se frotta les yeux, étrangement perdue entre souvenirs sensuels, rêves érotiques, émotions contradictoires.

Avait-elle réellement embrassé Tom avec passion la veille ? L'avait-elle mis à la porte en lui jetant ses vêtements à la figure ?

Et ce tatouage, sous la clavicule du jeune homme, ne l'avait-elle pas imaginé ?

Laissant son esprit remettre en place les pièces du puzzle, elle saisit son portable mis à charger sur la table de nuit.

Elle avait reçu plusieurs textos de Tom, envoyés vers 7h du matin ; probablement quand il s'était levé pour aller travailler.

Les trois messages la contrarièrent et lui ramenèrent le souvenir de la veille, et de la rage qui l'avait enflammée.

Elle pianota vigoureusement sur son écran.

* Le désastre ? Tu parles d'avoir échoué à me sauter ou d'avoir
trompé ma sœur ?

À l'instant où ce message fut envoyé, son téléphone sonna. C'était Tom évidemment. Ce genre de scène de ménage ne se faisait pas par texto.

— Qu'est-ce que tu veux ? cracha-t-elle.

— Bonjour à toi aussi, susurra Tom en retour, visiblement indifférent à la colère de la jeune femme. Bien dormi ? Tu te lèves juste maintenant ?

— J'ai fait plusieurs nuits assez courtes récemment, mon métabolisme m'a rattrapée. Qu'est-ce que tu veux, Tom ?

Elle était plus lasse que fâchée. Le simple timbre de sa voix dans son oreille éveillait ses sens et dissipait sa colère. Paradoxalement, c'était rageant.

— Je viens prendre de tes nouvelles. Je n'aime pas rester sur des non-dits et des malentendus.

— Quel malentendu ? Tout est très clair : tu sors avec ma sœur. Je n'ai pas de place dans cette histoire.

— Tu disais le contraire hier soir. Je te l'ai fait répéter. Tu te rappelles ?

— Je m'en rappelle et je le regrette. J'ai eu un moment d'égarement.

— Tu le regrettes ?

Claire soupira.

Non.

— Oui.

Il y eut un silence au téléphone, pendant lequel Tom dut certainement la mesure de ces paroles.

Finalement il reprit :

— Claire, tu es la personne à laquelle je tiens le plus au monde. J'ai entendu les choses que tu m'as dites hier. Elles sont gravées dans ma peau. Tu es gravée dans ma peau. Je croyais que c'était un fantasme d'adolescent, un attachement nostalgique, quelque chose de cet ordre, mais j'avais tort. C'est autre chose.

Claire sentit son cœur de fendre. Elle murmura :

— Quitte ma sœur. Quitte Cécile et choisis-moi.

— C'est… pas si simple.

Cette fois-ci, la jeune fille perdit patience :

— C'est très simple ! Appelle-la et quitte-la. Dis-lui que tu m'aimes, que tu me choisis moi, rejoins-moi et baise-moi comme nous en crevons d'envie depuis dix ans. Je m'en fiche qu'elle me haïsse. Je prends le risque !

— Claire, Cécile ne va pas bien. Elle subit une pression folle au travail. Elle prend des antidépresseurs qu'elle combine avec des somnifères, des trucs achetés en ligne, certainement coupés de cochonneries. Si je la quitte maintenant, je vais la mettre en danger, tu comprends ?

Il y eut un long silence, pendant lequel Tom écouta le souffle court de Claire, visiblement bouleversée. Elle murmura :

— Mais tu l'aimes ?

— Je… croyais que oui. Je réalise que je ne l'aime pas comme ça. Quand je t'ai embrassée, mon cœur a explosé. Je n'avais plus ressenti ça depuis…

–… La soirée chez Rodolphe ?

— Oui. Les baisers de Cécile ne me font pas cet effet. Mais je ne peux pas la quitter ici, maintenant. Je dois la soutenir. S'il lui arrive quelque chose, si elle fait une connerie par ma faute, ça nous détruira tous.

— Tom, tu ne peux pas rester en couple par chantage au suicide. Ce n'est pas une solution ! Et tu ne peux pas non plus nous garder toutes les deux comme maîtresses, on vaut mieux que ça.

— Tu n'es pas encore ma maîtresse à proprement parler, dit Tom avec malice, et Claire s'offusqua de la légèreté avec laquelle il s'adressait à elle.

— C'est ton angle de défense ? Sucer n'est pas tromper ? Tu es sérieux ?

— On n'a même pas été aussi loin, ou alors j'étais drôlement bourré ! On s'est juste embrassés, hier... Ça m'a plu. Et je crois que ça t'a plu aussi, même si ce matin tu te rappelles pourquoi tu t'étais interdit de me toucher.

— Il faut que je te laisse, balbutia Claire, sentant la situation lui échapper. Je dois m'occuper de papa, travailler, passer des entretiens pour une aide à domicile. On... reprendra cette conversation plus tard.

— D'accord. Bonne journée alors... ma puce.

Claire allait raccrocher, mais quelque chose la retint.

— Tom ?

— Mmm ?

— Est-ce que... tu viens dîner ce soir ?

Elle regrettait déjà d'avoir posé cette question. C'était un aveu de faiblesse. Elle voulait qu'il la quitte, ou qu'il quitte Cécile, mais elle souffrait déjà de l'éloignement. Cette situation allait la rendre folle.

— Je ne peux pas venir, je suis de garde. Je suis désolé.

— Ça ne fait rien. Il reste les textos.

— Bien sûr. Appelle-moi si tu as besoin.

Jamais.

Jamais elle n'appellerait Tom. C'était trop facile pour lui, il avait le beau rôle. Deux sœurs à ses pieds, la blonde et la brune, comme les filles Boleyn. Tom Leroy prenait des airs d'Henry 8, quelle ironie.

Elle avait cru comprendre, entre les lignes, qu'il n'aimait pas Cécile, qu'il la choisissait elle. Est-ce qu'elle se faisait des idées ?

Et sa sœur, droguée avec des cachets achetés sur internet, qu'est-ce que c'était que cette histoire... Devait-elle en parler à leur père ?

Cécile avait toujours été la plus forte des deux. Plus autoritaire, plus franche, plus insolente, à diriger les hommes, faire carrière, s'imposer dans un milieu masculin, mener tout le monde à la baguette. La description qu'en faisait Tom était totalement étrangère à Claire. Elle avait du mal à croire qu'il s'agisse de la même personne.

Claire s'habilla, se brossa les cheveux, réfléchissant aux paroles de Tom. Elle n'était plus en colère, plutôt inquiète. Sa sœur, dépressive, fragile ?

Il n'existait pas pour elle-même et Tom de bonne façon de vivre leur amour. Les conséquences sur Cécile, et sur leur famille, seraient épouvantables... et irréversibles.

***

— Claire. Je ne pensais plus que tu appellerais.

— Tu as la voix ensommeillée... je te réveille ? Je pensais que tu étais de garde.

– « De garde » ne veut pas dire éveillé. Ça me contraint à prendre tous les appels ; mais s'il n'y en a pas, à une heure du matin, je dors.

— Je suis désolée. Je te laisse alors. Bonne nuit, Tom.

— Non, attends. Je suis réveillé maintenant. Je suis content de t'entendre. J'avais... cessé d'espérer que tu appellerais.

— Je ne voulais pas le faire.

— Je comprends.

Claire soupira. Elle avait résisté toute la journée, toute la soirée, saisissant sans arrêt son téléphone pour le rejeter l'instant d'après, refusant de composer le numéro de Tom.

Elle s'était couchée en espérant trouver rapidement le sommeil, mais passé minuit, elle avait rallumé son smartphone et consulté machinalement les réseaux sociaux. Puis elle avait appuyé sur l'icône de Tom Leroy.

— Pourquoi ne m'as-tu pas appelée, toi ? murmura-t-elle avec lassitude.

— La vérité, répondit simplement Tom, c'est que je ne sais pas ce que tu veux. Je ne sais pas si tu veux que je te coure après ou si tu veux que je te laisse tranquille. Je commence à croire que tu le ne sais pas toi-même.

— Et toi, tu veux quoi ?

— Claire...

— Lâche le morceau, Tom. J'en peux plus du chat et de la souris. Parle-moi.

Tom resta silencieux un instant.

— Je sais ce dont j'ai envie, mais je ne sais pas si j'y parviendrai. Je ne vois pas comment cette histoire pourrait évoluer sans blesser l'une de vous. Irrémédiablement.

— J'ai réfléchi à ce que tu me disais que Cécile ce matin. Elle est plus forte que tu ne le crois, tu sais.

— Tu as tort. De vous deux, tu as toujours été la plus solide. Je connais Cécile depuis la sixième, elle s'est toujours débattue dans la tourmente.

— Mais de quelle tourmente est-ce que tu parles ? Cécile a fait des études brillantes, elle a réussi ses examens haut la main, elle a un job ambitieux dans lequel elle excelle, elle passe son temps à dire à qui veut l'entendre qu'elle est une femme accomplie. Moi pendant ce temps, je fais des couleurs parce que personne ne veut de mes projets d'illu, j'habite en coloc avec un gars qui s'est pris pour mon mari et je finis mes mois à manger des pâtes à l'eau. Ma vie est un désastre.

— Ce n'est pas un concours, tu sais, dit Tom d'une voix tranquille. Mais tout ce que tu me dis sur ta sœur, c'est le contenu de son compte Instagram. C'est du flan. Cécile est une anxieuse. Elle cache une souffrance terrible, la peur de ne pas être à la hauteur… peut-être une pression subie involontairement parce qu'elle était l'aînée, je ne sais pas. Mais aujourd'hui, elle se démène pour être à la hauteur de ce qu'elle croit que le monde attend d'elle. Et elle n'y arrive pas.

Claire prit le temps de digérer ces paroles.

— Et quel est ton rôle, dans tout ça ?

— Une… bouée de sauvetage ? Je crois que je suis un peu son trophée. Ça m'allait bien, en fait. Cécile n'est pas pénible ni envahissante, elle est jolie, on s'entend bien, et elle adore m'avoir à son bras.

La jeune femme laissa échapper un soupir sarcastique.

— Et ça te convient ? Un rôle de potiche ?

— Jusqu'à vendredi soir… oui, je le vivais bien. Depuis, je me demande quel est le sens de ma vie.

Ça la fit rire :

— Le sens de ta vie ? Mais quelle *drama-queen* tu fais ! De nous trois, tu es celui qui va s'en tirer le mieux dans cette histoire. Quoi qu'il se passe, tu auras une Pasteur dans ton lit.

— Ou aucune. Et ça, ça me pend au nez.

— Tu ne l'auras pas volé, à courir deux lièvres à la fois. Il va falloir que tu fasses un choix, Tom Leroy !

— Mon choix est fait.

La respiration de Claire accéléra.

— Mon choix est fait depuis le jour de la rentrée 2006, reprit Tom. Si j'ai mis des râteaux en série à ta sœur depuis toutes ces années, je crois que c'était parce que j'attendais quelqu'un. Et puis… tu es partie. L'eau a coulé sous les ponts, j'ai fait des rencontres, je suis passé à autre chose. Je n'aurais pas dû accepter d'accompagner ta sœur ce weekend. Ma vie serait plus simple.

— Ne dis pas n'importe quoi, soupira Claire. Si ce que tu me dis est vrai, tu n'aurais pas dû sortir avec elle au départ. Combien de temps pensais-tu pouvoir éviter ta belle-famille ? On se serait forcément recroisés, et on en serait au même point qu'aujourd'hui.

— Peut-être qu'avec plus de temps…

— Plus de temps ? s'exclama Claire. Je vais te dire une chose : vu la tension sexuelle entre nous...

— La tension ?

— Laisse-moi finir. Vu la tension sexuelle entre nous quand nous sommes dans la même pièce, et ce depuis plus de dix ans, on aurait forcément fini par craquer. N'essaie pas de nier, tu t'es fait tatouer le dessin que je t'ai offert ! Quelque part tu as de la chance que ça arrive maintenant, alors que tu es « en couple » avec ma sœur depuis trois petits mois, et pas dans deux ans, lors de votre fête de mariage. Parce que robe blanche ou pas, Tom, crois-moi, tu m'aurais sautée derrière la salle de bal malgré ton alliance neuve au doigt.

Il se tut. Claire avait parlé vite, son cœur battait la chamade. Elle ajouta :

— Et on aurait aimé ça tous les deux ! Nos vies auraient été autrement plus merdiques. Alors arrête de faire semblant de te noyer dans un verre d'eau, achète-toi une paire de couilles, et quitte — ma — sœur !

— C'est prévu, je te le promets. Mais je ne peux pas te dire quand ni comment. Je ne le ferai pas sèchement par téléphone pendant qu'elle est à 6000 kilomètres. Et je tiens à ce qu'elle ne s'enfile pas sa boîte de cachetons avec un litre de vodka. Donc il va falloir être un peu patiente, Clarinette. Tout ça nous arrive… un peu vite.

— Ça fait dix ans que je patiente. J'ai fini. Je te veux maintenant, pour moi, mais je ne compte pas te partager avec ma sœur ! Si tu t'avères être un sale con et un mauvais coup, au moins je serais fixée et je pourrai enfin avancer et refaire ma vie.

— Tu me veux maintenant ? Qu'est devenue la règle de ne pas se toucher ?

— Les baisers d'hier confirment la règle, affirma Claire. Nous ne devons pas nous toucher, ou nous allons nous arracher nos fringues.

— Je pense être capable de te faire arracher tes fringues sans te toucher.

— Je pense que tu es un sale con prétentieux avec un égo boursouflé et que si tu veux obtenir davantage qu'un baiser, tu vas devoir faire des efforts. Tu me toucheras quand tu auras quitté Cécile.

Tom rit :

— J'aimerais relever le défi, mais je suis de garde, là. Alors en dehors du fait que j'ai très, très envie de reprendre où nous en sommes restés à la fête de la musique, ce soir je ne vais nulle part.

— On s'est mal compris. Je ne t'ai pas demandé de me rejoindre, objecta Claire avec une pointe de perplexité.

— Quel dommage… Tu me manques. Parfois, je ne sais plus si je suis désespéré ou heureux de ce foutoir. Au moins j'ai eu l'occasion de voir la femme que tu es devenue.

La jeune femme prit quelques secondes pour digérer le changement de ton. Elle n'avait plus sommeil. La voix de Tom lui faisait du bien ; elle aimait son timbre grave, rond, presque nasal et n'avait aucune envie qu'il raccroche.

Il était chez lui, à Seynod et ne risquait pas d'apparaître devant sa porte. La situation était sous contrôle.

— Tu es où ? demanda-t-elle abruptement.

— De quoi ? Chez moi… ?

— Dans ton lit ?

— Oui, allongé sur le dos dans mon grand lit vide, à l'exception du chat.

— Comment s'appelle le chat ?

— Vador. C'est un chat noir. Il est plutôt placide, contrairement à son homonyme.

— Est-ce qu'il y aurait une place pour moi… ? murmura Claire.

— Il faudrait pousser le chat, mais… oui. Il ne manque que toi dans ce tableau.

— Décris-moi la chambre, souffla Claire.

— Elle est… assez grande, les murs sont blancs sauf celui face à la porte qui porte un papier art déco noir et or. Il y a une affiche du film *Trainspotting* dans un cadre au mur et un tapis ovale, noir.

— Et ton lit, comment est-il ?

— J'ai changé les draps hier. Ils sont gris avec un liseré rouge. J'aimerais m'y endormir en respirant le parfum de tes cheveux.

— Moi aussi j'aimerais ça, répondit Claire en se prenant au jeu. M'y coucher avec toi et me blottir dans tes bras.

Protester quand ton téléphone sonne et que tu te lèves pour répondre aux urgences, au milieu de la nuit... Ta place est chaude, comme ta peau. Les draps portent ton odeur et je viens m'y lover, en attendant que tu reviennes près de moi.

— Ça prend du temps et quand je te rejoins, tu dors de nouveau. Alors délicatement, je soulève la couette pour reprendre ma place. Tu fronces les sourcils dans un demi-sommeil... j'aime quand tu boudes un peu, ça te dessine une ride sur le front. Je crois que tu es la plus belle femme que je n'ai jamais vue.

Claire ferma les yeux, le sourire aux lèvres. En se concentrant un peu, avec la voix de Tom contre son oreille, elle pouvait s'y croire.

— Tu creuses une place dans le lit, tu es trop lourd. Je viens me serrer contre toi et glisser ma main sur ton torse. Qu'est-ce que tu portes ?

— Je suis torse nu.

— Tu sens bon. Ton corps est chaud. Mon visage cherche une place où se blottir et mes lèvres glissent le long de ton cou. Ta peau est tendre, à cet endroit.

— J'aime quand tu m'embrasses. Je descends un peu dans le lit pour être à ta hauteur et ma bouche rejoint la tienne. Tu as cette saveur unique, celle de nos baisers, celui du lac, celui de la fête de la musique. C'est un goût indescriptible.

— Je te laisse me goûter. J'aime comme tu m'embrasses. Chacun de tes baisers a une saveur de première fois. Mon ventre chauffe, il cherche des caresses. Ma main descend sur ta peau, sur ton nombril. Je te sens réagir.

Elle le sentait vraiment. Le souffle de Tom s'était accéléré imperceptiblement. Son timbre était plus rauque. Elle continua, chuchotant presque :

— Je soulève l'élastique de… qu'est-ce que tu portes ?

— Un bas de pyjama, souple.

— J'y glisse mes doigts. Je sens les boucles de ta toison sous mes ongles. C'est doux. Décris-moi ce que j'y trouve…

— Mon sexe. Il a durci sous tes caresses. C'est la première fois que tu le touches et j'ai attendu ça pendant tant d'années que je crois que je pourrais jouir à ce premier contact. Je guide ta main le long de la verge, la peau est souple. Tu le sens ?

— Est-ce que tu te touches ? dit Claire dont le corps était soudain sensible.

Le contact de la couette la gêna et elle la repoussa en battant des jambes. Les pointes de ses seins se dressaient et frottaient sous le jersey souple de sa chemise de nuit. Elle réprima un soupir. Au téléphone, Tom avait bougé lui aussi. Elle entendit distinctement le froissement des draps.

— Maintenant oui, dit-il.

— Tu as envie de moi ?

— Sans arrêt, depuis vendredi. C'est une véritable torture.

— Cécile a refait sa vie avec un nouveau prince charmant qui veut l'épouser et la chérir et elle recommence même à nous parler. Nous sommes libres, et ma main suit la tienne sur ta verge, de haut, en bas…. Haut en bas. Fais-le.

— Je le fais. Mais j'ai besoin de te toucher en retour. Alors lentement, je te retourne sur le dos et je te retire… ce que tu portes. Qu'est-ce que tu portes ?

— Une chemise de nuit, répondit Claire.

— Enlève-la.

La jeune femme déposa son téléphone pour obéir. Frémissant d'anticipation, elle rejeta la chemise de nuit en boule sur son lit et prit place confortablement entre les coussins.

— Et maintenant, chuchota-t-elle dans le téléphone.

— Comment sont tes seins ? J'ai encore le souvenir de l'autre nuit sur ma langue. Tu avais des seins minuscules, des perles. Les gémissements que tu as poussés quand j'ai sucé les pointes m'ont rendu fou de désir. Est-ce qu'ils sont toujours aussi petits, et ronds ?

— Ils sont dressés sous mes doigts. Tu as été le premier à les prendre en bouche, j'aimerais que tu sois le dernier. C'est la chose la plus sensuelle qu'on m'ait jamais faite. Je me suis caressée des années en y repensant.

— Moi aussi… je me caresse maintenant.

— Ce n'est pas pareil, sans toi. Je veux te voir.

— Envoie-moi une photo.

Claire hésita. Est-ce que ça n'était pas risqué d'envoyer des photos par texto ?

Finalement, elle orienta son téléphone, prit un cliché, le lui envoya.

Un texto en réponse ne tarda pas :

Tu es une déesse

— Embrasse-moi, murmura-t-elle.

— Il va falloir l'imaginer pour le moment. Ma bouche sur tes seins, ma langue qui te cherche, ton corps qui se cambre. Je descends plus bas, je trouve ton ventre, qui frémit d'anticipation… et plus bas encore, le parfum piquant de ton sexe monte à mes narines. Es-tu mouillée ?

— J'en peux plus. Je suis trempée. Je veux ta bouche contre ma chatte depuis tellement longtemps.

Ce mot, très cru dans la bouche de Claire, trahit son excitation, et Tom en eut le souffle coupé.

Il sourit, s'humecta les lèvres.

— Écarte bien les cuisses pour moi, mon amour. Tu sens comme tu es chaude ? Tu m'as attendu toutes ces années. Je viens t'embrasser, à l'intérieur des cuisses, plus près, et je te vois te cambrer sous mes baisers et t'ouvrir à l'idée de ce que je vais faire. Tu es offerte, et je te prends.

— Continue... gémit Claire, glissant les doigts entre les replis de son sexe, laissant la voix de Tom guider son geste.

— Un baiser, doux d'abord. Puis la langue. Lécher tes sucs, tu es trempée. Les remplacer par ma salive. Les plis chauds cachent un trésor, je le cherche ; je tiens tes hanches de mes deux mains pour t'empêcher de m'échapper, alors que je viens découvrir ton clitoris de la pointe de ma langue. Dis-moi que tu le sens.

— Je… le sens. Fais… moi jouir, avec ta bouche ! balbutia la jeune femme, la main crispée entre les cuisses.

— Bientôt, Clarinette. Promis. Il va falloir que tu utilises tes doigts pour le moment, mais je suis là. Je vais t'accompagner. Quelle position aimes-tu ?

— Le missionnaire, répondit Claire sans hésiter. J'aime pouvoir… embrasser, lécher, regarder dans les yeux. Je peux aussi… Je peux… gérer la profondeur et l'angle. J'aime bien.

Elle balbutiait, peinant à formuler des phrases cohérentes alors que sous ses doigts, son sexe pulsait de plaisir. Elle était proche. Elle voulait qu'il lui parle.

— Fais-moi l'amour, dis-moi comment ! Je veux t'entendre quand je vais jouir… ta voix est tellement… parle-moi !

— Je te sens frémir contre ma bouche, je te sens monter, mais je veux que tu jouisses sur ma queue, ma belle. Alors je remonte, glisse mes mains sous ta nuque, sous tes reins. Tu es cambrée, tes jambes serrées autour de ma taille... les genoux relevés, accueillante, suppliante presque. Nos bouches se trouvent, et je t'embrasse, longuement, alors qu'enfin, je te pénètre.

— Putain oui, j'ai tellement attendu. Tellement attendu....

— Tu es brûlante. Tu es parfaite. Je sens ton corps recevoir le mien, tes hanches onduler, doucement. Je peux bouger, enfin. Enfin en toi, mon amour.

— Je... ça vient, Tom, gémit Claire. Continue. Je veux que tu jouisses avec moi. En moi. Profondément.

C'était difficile pour lui aussi de parler de manière fluide, alors que sa main droite allait et venait sur son sexe tendu. L'idée de pénétrer Claire lui faisait perdre la tête. Il en avait aimé, des femmes. Il en avait baisées beaucoup.

Mais Claire...

Avec ses soupirs, le son de sa main entre ses cuisses, le tremblement de son souffle. Cette photo qu'elle lui avait envoyée de son adorable poitrine, sa candeur, sa colère, sa passion ; son amour dévorant pour lui malgré les années d'absence. Sa sensualité folle.

C'était une déesse.

Et ça finissait rarement bien pour les mortels qui s'éprenaient de déesses.

S'ils cédaient à leur désir l'un pour l'autre, comme ils étaient en train de le faire à cet instant, les conséquences seraient terribles. Mais l'orgasme le prit par surprise, et des giclées de sperme blanchâtre tachèrent sa main et son ventre alors qu'il se laissait aller en poussant un râle voluptueux.

Dans le téléphone, une exclamation émerveillée échappa des lèvres de Claire lorsqu'elle comprit ce qui venait de se passer et quelques instants plus tard elle jouissait à son tour, offrant aux seules oreilles de Tom un gémissement si langoureux qu'il en eut un frisson.

— La prochaine fois que tu jouiras comme ça, Claire, ce sera dans mes bras, dit-il lorsqu'il eut repris son souffle.

Elle ne répondit pas immédiatement, laissant ralentir les battements de son cœur.

— Du sexe au téléphone... c'est tout ce que tu auras tant que tu n'auras pas quitté Cécile, Tom.

— C'est cruel, gémit-il.

— C'est toi qui vois. Ma photo et ta main ; ou ma bouche et mes seins ?

— Je vais le faire. C'est promis.

Comme elle ne répondait pas, il répéta :

— C'est promis, Claire, je vais le faire. Je suis fou de toi.

— Je t'ai assez attendu pour une vie entière, Tom. C'est entre tes mains maintenant. Mais je n'attendrai plus longtemps.

— Attend, je-

Elle avait raccroché.

C'était un ultimatum.

Tom se retrouva seul et con, dans un lit froid, le ventre souillé... et dans la gorge, un odieux pressentiment : et si c'était là son avenir ?

Il devenait urgent de trouver une solution.

Chapitre 8

Impossible de retrouver le sommeil.

Tom tournait et se retournait dans son lit, secoué par des émotions contradictoires. Est-ce que Claire l'avait manipulé ? Est-ce qu'elle l'avait entrainé dans cette séance érotique au téléphone, jusqu'à lui faire perdre prise complètement, pour lui faire prendre mesure de l'ampleur du désastre ?

« Ma photo et ta main... c'est tout ce que tu auras tant que tu n'auras pas quitté Cécile ».

Dire qu'il l'avait prise pour une candide demoiselle enamourée... Il n'avait pas vu venir la déesse sensuelle et fatale qui venait de broyer son cœur et mettre sa raison à l'épreuve. Ils venaient de faire l'amour au téléphone, avec une passion qui annonçait le meilleur pour quand ils passeraient réellement à l'acte. Il avait cru qu'il tirait les ficelles... « Je suis capable de te faire arracher tes fringues sans te toucher. »

Quelque part il y était parvenu, le mouchoir en papier souillé rejeté au bas de son lit en était témoin. Mais est-ce que... est-ce que c'était Claire qui avait mené la danse dans cette conversation ?

Elle lui avait fait croire qu'il était aux commandes alors qu'elle faisait de lui exactement ce qu'elle voulait. Cette femme était incroyable. Il était humilié et paradoxalement, ne l'en respectait que davantage.

Son téléphone sonna et il prit la communication sans même regarder la provenance de l'appel.

— Claire ?

Ce n'était pas Claire.

C'était une mémé insomniaque qui appelait le numéro de SOS vétérinaire pour passer le temps et prétextait que son lapin avait des puces.

— Ce n'est pas une urgence, Madame, répondit Tom avec autant de patience que possible. Appelez demain au cabinet pour prendre un rendez-vous. Oui, je suis le vétérinaire de garde, mais non, je ne vais pas me déplacer chez vous pour ausculter votre animal. Appelez aux heures d'ouverture.

Heureusement qu'il ne dormait pas ; être réveillé pour ce genre de communication l'aurait mis de mauvais poil. Il rejeta le téléphone sur la couette, tendit la main vers le chat qui vint s'y blottir en ronronnant.

Claire avait parfaitement réussi sa démonstration. Il n'y avait plus de doute possible : il était fou d'elle. Cécile aimait à raconter que « mon histoire avec Tom s'est bâtie depuis le lycée », mais elle n'avait aucune idée de la violence des sentiments qui les avait secoués, Claire et lui, dans le plus grand secret, depuis toutes ces années. Quel acte manqué… Ils s'étaient loupés, encore et encore et encore, parce que quatre ans d'écart faisaient une différence énorme à l'échelle d'adolescents. Aujourd'hui il avait 28 ans, Claire 24, et personne n'y verrait un problème.

Claire avait gagné, donc. Elle venait de lui faire prendre conscience de la terrible erreur de jugement qui avait pourtant guidé ses actes pendant une décennie : il n'était pas « amoureux de Cécile » et « affectueux avec Claire », mais bien l'inverse. Il avait mené sa vie à l'envers, et ça allait être terrible de la remettre dans le bon sens, parce qu'il n'avait pas menti : Cécile s'accrochait à lui comme à une bouée de sauvetage.

Elle jouait les femmes fortes, mais elle était écrasée d'anxiété et d'incertitudes, de manque de confiance en elle dans un métier où elle devait sans arrêt donner le change. Elle était devenue experte à cet exercice. « *Fake it until you make it* ». Faire semblant jusqu'à ce que ça prenne... et tout le monde tombait dans le panneau. Claire, Georges, lui-même les premiers temps, jusqu'au jour où il était tombé sur les cachets dans son sac.

Il ne mentait pas, quand il disait qu'il craignait qu'elle se foute en l'air s'il la quittait, surtout pour partir avec sa propre sœur.

Le risque était réel.

Il n'avait pas de solution.

« Ou alors tu es juste un connard infidèle en rut qui trouve excitant de baiser les deux frangines. » se dit-il, et il grimaça.

Ça sonnait trop vrai pour ne pas en tenir compte.

Il tendit le bras pour s'emparer de son téléphone.

— Allô Cécile. Ça va ?

— Salut Tom, contente de t'entendre. Quelle heure est-il en France ?

— Un peu plus de deux heures du matin...

— Encore ? Ça va devenir notre rituel, de s'appeler à deux heures ?

Elle souriait au téléphone, il le savait à l'intonation de sa voix. Elle était réellement surprise, et heureuse, de l'entendre.

Putain, ça allait être encore plus difficile que ce qu'il avait cru.

— Tu ne dors pas ? reprit-elle. Est-ce que tout va bien ?

« Je ne dors pas parce que je suis fou amoureux d'une autre fille et que je ne peux plus continuer à faire semblant. Par respect pour toi, et même si je sais que tu m'en voudras pour toujours et tu auras raison, on ne peut plus être ensemble. On doit rompre, maintenant. »

Il prit une grande inspiration :

— Tout va bien. Je suis de garde. Je viens de recevoir un appel à la con à propos d'un lapin qui se gratte et comme j'étais réveillé, j'ai eu envie de t'appeler. Raconte-moi ta journée ?

— Ça va. Je suis venue en renfort des ingénieurs sur un dossier pour une boîte de traders parce que je maîtrise mieux le code du logiciel, et aussi parce que je suis l'interlocutrice principale de leur Directeur Technique depuis le premier jour. Il ne voulait traiter qu'avec moi. On a réussi à désamorcer la crise, c'est réunion sur réunion avec des interlocuteurs pointus, grosse pression. Mais ça va. Je pense qu'on va sauver le contrat.

— Bravo, sourit Tom. T'as assuré.

— Oui, je suis contente. On est sortis boire un verre avec le client, là, je me suis éloignée pour fumer, mais je ne peux pas rester longtemps en ligne. Et toi ça va ? Pas trop de petits chats avec des bobos aujourd'hui ?

Tom fronça les sourcils. « Des petits chats avec des bobos » ?

C'était la première fois que Cécile parlait de son métier avec autant de… condescendance ? Elle avait probablement dit ça comme une petite blague, mais il en fut vaguement contrarié.

— Si c'est ça : des petits chats avec des bobos, des lapins qui se grattent et des poissons rouges dépressifs. C'était ma journée.

Elle rit.

Elle rirait moins s'il lui disait la vérité.

« Pas de petits chats avec des bobos, non, mais je t'ai trompé avec ta petite sœur, parce que je suis fou d'elle et que l'idée de la perdre me donne envie de mourir. J'ai une érection permanente depuis vendredi simplement pour avoir croisé son regard, et je crois qu'à ce stade, soit je couche avec et je l'épouse, soit je me dessèche et je meurs comme un naufragé sur une île déserte. Du coup, je te quitte. Bonne soirée. »

Il s'en voulut immédiatement. Pourquoi était-il si agressif ? Pourquoi s'en prendre à Cécile ? Elle n'y était pour rien s'il était un salaud infidèle et instable.

Il fallait qu'il mette un terme à tout ça, mais il ne voulait pas risquer de foutre en l'air l'énorme contrat sur lequel elle travaillait. Cécile devait garder les idées claires.

Il lui parlerait dès son retour.

— Quand est-ce que tu rentres ? dit-il d'un ton aussi neutre que possible.

— Je n'en suis pas sûre. A priori vendredi — arrivée à Saint-Exupéry samedi aprèm — mais ça va dépendre de l'avancée des négociations. Il est possible qu'on prolonge de quelques jours, peut-être une semaine de plus. Je te tiendrai au courant.

Une semaine de plus.

Claire n'attendrait pas jusque-là.

— D'accord. Rentre vite, je...

— Je te manque ? T'es adorable. Moi aussi je t'aime, Tom. Merci pour ton appel. Il faut que je file, on s'appelle demain ! Bisous mon cœur.

Et sur ces mots, elle avait raccroché.

Tom resta coi un instant puis rejeta son téléphone sur le lit avec une telle violence qu'il fit fuir le chat.

— Putain ! Merde !

***

Salut... Claire. Est-ce que... je viens dîner avec vous ce soir ?
Je ne sais pas, as-tu quitté Cécile ?

Elle était sans pitié.

Elle refusait de lui parler, ne répondait à ses textos que par « as-tu quitté Cécile ».

En début d'après-midi il avait cru pouvoir amorcer une conversation, quand elle avait enfin pris son appel et lui avait expliqué qu'elle avait trouvé une Aide à Domicile pour son père ; une jeune fille qui commencerait lundi. Le temps de faire les papiers et de s'assurer que tout fonctionnait normalement et Claire rentrerait à Bruxelles le weekend suivant.

On était mardi et Tom sentit son ventre se nouer à l'idée qu'il ne leur restait plus que trois jours. Trois jours et puis quoi ? Trois jours et ils disparaissaient à nouveau dans les limbes, comptant sur le temps pour dissiper leurs soupirs enfiévrés, comme si rien n'était arrivé ?

Il avait tenté de négocier, l'avait suppliée de rester plus longtemps, mais Claire avait coupé court à la conversation et lui avait envoyé un texto.

Un selfie, en fait.

Il avait manqué de s'étouffer et sa collègue Caroline avait passé une tête par la porte de la salle de consultation pour s'assurer qu'il allait bien.

Quel selfie, bon sang !

Une photo de ses seins, encore… prise dans sa chambre, chez son père. Elle avait la peau laiteuse, des petits tétons bruns comme deux perles sur sa peau… et à force de contempler la photo, il s'était retrouvé comme un con dans les toilettes du cabinet à tenter de soulager son érection par n'importe quel moyen.

Claire se payait sa tête, ce que confirma le petit message qui suivit immédiatement :

Ma photo et ta main ; ou ma bouche et mes seins. Choisis ton camp.

Il fallait admettre qu'elle avait du cran… elle était incroyable.

C'était la version adulte de la gamine qui lui avait lancé « T'as la trouille, Leroy ? Est-ce que t'es moins courageux qu'une fillette comme moi ? » sur la plage… une fille incandescente sous ses airs de chaton mouillé.

Il ne savait plus s'il était fou furieux ou fol amoureux.

Il était urgent qu'il reprenne les commandes.

Elle voulait jouer à ça ? Très bien.

S'accordant un peu de temps dans les toilettes, Tom retira sa tunique médicale et choisit l'angle pour faire un selfie. Il savait qu'il était beau ; il allait à la salle de sport presque tous les jours. Une photo de ses pectoraux et abdos apprendrait à Claire à faire la maline…

Quelques instants plus tard, il reçut une réponse :

Bel effort. Comment va ma sœur ?

Cécile, toujours Cécile.

En fait, Cécile… avait l'air d'aller bien. Sa voix était chaleureuse et souriante au téléphone. Elle avait l'air de passer du bon temps en Californie, s'il devait en croire les quatre phrases échangées la veille.

Il rappellerait ce soir, pour tenter de discuter vraiment. Il n'avait aucune stratégie, tout ce qu'il savait c'est qu'il devait la quitter... et éviter de ne créer plus de dommages qu'il n'en avait déjà commis. La situation était inextricable c'est avec difficulté que le jeune vétérinaire parvint à se sortir les sœurs Pasteur de la tête pour se concentrer sur ses patients.

Ça vibrait sans arrêt. Il ignora son téléphone pendant deux heures, pour y trouver une série de messages de Georges :

Tu viens dîner ce soir à la maison ? C'est moi qui cuisine.

Tu es sûrement occupé. Dis-moi si tu es dispo, que je sache combien je prépare.

Ça fera plaisir à Claire de te voir, elle a été enfermée toute la journée dans sa chambre avec son ordi. Je crois qu'elle est fatiguée de ne voir que son vieux père à longueur de journée.

Tu es occupé. Tu travailles, c'est normal. Une autre fois, alors.

Suite à quoi, il trouva un message entrant de Claire :

Mon père te parle, Tom. Il ne comprend pas pourquoi tu ne réponds pas à ses messages. Que tu me fasses la tête c'est une chose, mais ne t'avise pas de manquer de respect à papa. Laisse-le en dehors de ça.

C'était rageant. Quand il parlait à Claire, la situation tournait au désastre ; quand il ne lui répondait pas, ça tournait au désastre quand même.

Entre deux consultations, il s'éloigna sur le parking pour appeler Georges.

— Je suis désolé, j'étais en salle d'op », j'avais mis mon portable sur silencieux. Je viens de voir tes messages. Comment vas-tu ?

— Ça va, répondit le vieil homme. Je suis content de t'entendre. Claire et moi avons recruté quelqu'un pour s'occuper de moi, elle commencera en début de semaine prochaine. Claire va pouvoir rentrer à Bruxelles.

— C'est une bonne nouvelle. Ça va aller avec cette fille ? Elle est sérieuse ?

— Oui, elle habite à Ugines, ce n'est pas très loin. Elle viendra l'après-midi pour aider avec la maison et avec ma toilette... à cause de ma cheville. C'est... beaucoup de boulot pour Claire, en ce moment, en plus de son travail de couleurs.

La voix de Georges s'était brisée au milieu de la phrase. Tom fronça les sourcils.

— Georges, est-ce que tout va bien ? Qu'est-ce qui se passe ?

— Ce n'est rien, Tom... Je vieillis, c'est tout. Ma propre fille est contrainte de me laver au gant parce que je n'y arrive plus moi-même. Je suis un fardeau pour mes enfants...

— Elle est heureuse de le faire, j'en suis sûr, dit Tom doucement. Tu as merveilleusement élevé tes filles, Georges. Elles sont brillantes toutes les deux et elles t'aiment beaucoup. Ce sont des filles bien, sois fier de toi.

Une rechute dépressive était la dernière chose dont la fragile famille Pasteur avait besoin dans l'immédiat. Il fallait prévenir les filles, et vite. En attendant, les patients s'agitaient dans la salle d'attente !

Tom prit une grande inspiration. Il devait rester pragmatique, et calme. Les lapins-à-puces pouvaient patienter.

— Tom, reprit le vieillard, la voix éteinte. Tu es un bon gars. Je suis heureux que tu épouses Cécile. Vous ferez de merveilleux parents. J'espère vivre assez longtemps pour voir mes petits-enfants…

Oula.

Tom pâlit. Voilà encore autre chose.

— Non, Georges, Cécile et moi n'avons pas prévu de…

— Tu ne veux pas d'enfants ? Ma petite Claire est encore trop jeune, trop inconstante pour avoir des enfants. Mais Cécile… elle a presque trente ans, tu sais.

— Je… oui. Je sais, mais…

Mayday ! *Mayday* !

Il lui fallait une échappatoire, et vite.

Georges ajouta alors, ne lui laissant pas le temps de formuler une objection :

— Mais il faudra vous marier d'abord. Je suis heureux que tu sois mon gendre, Tom. Je me souviens de toi maintenant. Ta mère habitait un peu plus haut, après le village. Où est-elle maintenant ?

— Je… À Genève, dit Tom d'une voix blanche.

La situation venait de lui échapper un peu plus.

— Il faudra que je la rencontre, alors. Ce n'est pas si loin, je pourrais l'inviter à la maison, avec Cécile et toi. On discutera de l'avenir.

— Oui, euh… on verra. Je dois te laisser, mes patients m'attendent.

— Bien sûr. Viens dîner demain soir ? Claire sera contente.

— Je n'en doute pas, mentit Tom. Je verrai. À bientôt alors.

— À bientôt, Tom.

Il coupa la communication, glissa le portable dans la poche de sa blouse et se prit le visage dans les mains. La dernière chose dont il avait besoin, à cet instant, c'était d'un petit chantage affectif subtil mijoté avec soin par le père Pasteur. Mariage, enfants, sinon je vais mourir seul et abandonné par ta faute.

C'était juste parfait.

Claire allait le tuer.

***

Claire s'éveilla avec un léger mal de crâne. Elle accumulait de la fatigue, travaillait mal, prenait du retard sur ses couleurs et passait beaucoup trop de temps enfermée dans sa chambre à composer des photos érotiques pour Tom Leroy tout en prétendant que ça ne comptait pas et « qu'elle arrêtait quand elle voulait ».

Elle prit le temps de petit-déjeuner, puis déjeuner, avec son père, mais consacra la journée entière à avancer sur ses planches. Elle n'allait pas y arriver.

Si elle plantait ce boulot, elle perdrait un employeur dont elle avait cruellement besoin. Ça faisait trois jours qu'elle n'arrivait à rien... La seule pensée de Tom, de la bouche de Tom, du corps de Tom, la déconcentrait.

La journée s'écoula et elle avait fait une planche unique au lieu des trois prévues. À ce rythme-là, elle devrait bosser jour et nuit pour tenir les délais... Ce n'était plus du café qu'il lui faudrait, mais du Red bull en intraveineuse ! Ou des drogues achetées sur internet, comme sa sœur...

L'appel à 18h la surprit ; le numéro sur l'écran était celui d'une amie de Bruxelles.

— Oui Rosalie ?

— Salut Claire... Ça va ? Tu ne devais pas rentrer lundi ?

— En fait si, c'est vrai que je n'ai pas pensé à te prévenir... Mon père s'est cassé la cheville et je suis restée près de lui une semaine de plus. Est-ce que tout va bien ?

Rosalie parut hésiter, au téléphone :

— Oui... euh... Riad est passé à l'appart tout à l'heure, il disait que... tu as quitté la coloc ?

Claire lâcha une exclamation moqueuse. Ne plus coucher avec son colocataire signifiait être mise à la porte ? Voilà autre chose !

— Ah ! C'est ce qu'il a dit ? Et bien certes, j'ai quitté la coloc. Je suppose que je vais devoir me trouver un autre appart à mon retour.

— Hum, voilà... Il a réuni tes affaires dans des cartons et a tout balancé chez moi.

— De quoi ?

Claire n'en croyait pas ses oreilles. Pour qui il se prenait, celui-là ?

Plus qu'en colère, elle était déçue. Riad avait été un bon ami, son meilleur ami. Ils avaient une complicité, une amitié, des fous rires, des conversations uniques, drôles et passionnées, sur la vie, sur l'amour et sur l'art. Le sexe avait été agréable, ce qui ne gâchait rien. Comment avait-elle pu être aussi aveugle à leur relation ? Elle était tout à fait passée à côté des sentiments qu'il avait pour elle, et il en devenait méchant.

Elle bafouilla :

— Je suis désolée, Rosalie, je... tasse tout dans un coin, je trouverai une solution en rentrant. Je devrais revenir le weekend prochain. Si tu vois des annonces de coloc, mets-les-moi de côté, je regarderai en arrivant.

— Mais est-ce que tu veux m'en parler ? Vous avez rompu ? Que s'est-il passé ?

— Rompu, c'est un grand mot. On ne sortait pas ensemble, que je sache...

— Et bien... quand même, objecta la Bruxelloise au téléphone. Vous habitiez ensemble depuis des années et vous étiez inséparables.

— Oui, c'est le principe d'une collocation. On habitait à la même adresse, en effet. Bref, il s'est monté la tête tout seul. Je suis désolée que ça retombe sur toi... Je dégagerai mes affaires dès mon retour, il faut me laisser encore quelques jours, est-ce que ça ira ?

— Bien sûr. Prends soin de ton papa. Ça va les couleurs avec tout ça, tu arrives à bosser chez ton père ?

À cet instant, Claire eut une épiphanie.

Les couleurs... Rosalie !

— Rosalie ! Tu es un génie ! Est-ce que tu cherches du boulot ? Tu voudrais pas faire les aplats pour moi ? Ça me sauverait la vie !

***

— Claire ! Que me vaut l'honneur ?

— Épargne-moi tes sarcasmes, Tom. J'ai besoin d'aide.

— Je suis profondément blessé que tu n'appelles pas pour prendre de mes nouvelles. J'ai passé une nuit épouvantable tu sais, noyé sous les photos de tes seins et la promesse de ta bouche sur...

— Tom, je suis sérieuse.

Le jeune vétérinaire cessa de rire et fronça imperceptiblement les sourcils :

— Est-ce que ça va ? Il est arrivé quelque chose ?

— Non, rien de grave. Excuse-moi, je ne voulais pas t'affoler. En fait… j'ai pris un retard fou sur mes planches, et à moins de me dédoubler, je vais planter mon bouclage.

— D'accord… Mais qu'est-ce que je peux faire pour toi ? Je suis capable de charcuter un chien sans le tuer, mais je ne suis pas certain de pouvoir colorier sans déborder…

— J'ai trouvé quelqu'un pour m'assister, mais je dois lui envoyer mes fichiers en haute définition… dès que possible, idéalement ce soir.

Tom ne répondit pas, ne voyant pas où elle voulait en venir. Claire reprit :

— Mon père n'a pas de connexion internet. J'ai besoin de trouver un hotspot.

— Pas de connexion ? Mais comment est-ce que tu as passé les annonces d'emploi pour son aide à domicile ?

— En 3G sur mon téléphone, ou en l'utilisant comme modem. Mais ça ne sera pas suffisant pour envoyer des fichiers haute-def.

— Je comprends. Il y a toujours les MacDo, ils ont du wifi. Ou bien… j'ai une idée, mais tu ne vas pas aimer.

Claire haussa un sourcil :

— Dis toujours ?

— Chez moi. J'ai la fibre.

— Pas question ! objecta la jeune femme. Pas question que je vienne chez toi ce soir.

— Il te reste le MacDo, Princesse. C'est toi qui vois.

— T'es vraiment un sale con, quand tu t'y mets, tu le sais, ça ?

Ses menaces l'attendrirent. Elle lui faisait penser à un chaton ébouriffé.

— Claire, blague à part. Viens chez moi, je t'envoie l'adresse par texto. Tu pourras transmettre tes fichiers sans problème et je vais même te préparer à dîner. Je promets de me tenir tranquille et de ne rien tenter qui ne serait pas consenti.

La coloriste hésita. Passer la soirée chez Tom était à la fois son désir secret et sa plus grande crainte... mais la perspective d'une soirée sous les néons d'un fast-food, un soir de février, la décida.

— D'accord. Laisse-moi prendre mon matériel et prévenir papa. Mais je ne reste pas, c'est compris ? Je viens, j'envoie les fichiers, on dîne, et je rentre.

— Tu feras ce que tu voudras, dit simplement Tom.

Claire prit une grande inspiration après avoir raccroché. Il lui fallait juste le laptop, pas la peine de déplacer la tablette ni l'écran. En passant devant la salle de bain, elle ralentit. Est-ce qu'elle prenait sa brosse à dents ?

Non, Claire. Juste dîner et rentrer.

Juste dîner et rentrer.

Interdit de le toucher, et ce soir, tu dors dans ta chambre.

— Papa ! lança-t-elle en dévalant l'escalier, je t'abandonne ce soir, je sors. Je rentrerai tard. Ça ira pour dîner ?

Georges leva la tête du magazine de pêche à la mouche qu'il était en train de feuilleter, et sourit :

— Tu sors chez qui ? Rodolphe Maurel ?

— Non, je descends vers Annecy, profiter un peu du coin. Ça fait quatre jours que je suis enfermée ici, j'ai bien envie de boire un verre. J'ai mon portable s'il y a une urgence, d'accord ?

Elle mentait avec une aisance qui l'inquiéta. Pourquoi ressentait-elle le besoin de cacher à son père qu'elle allait dîner chez Tom Leroy ?

— Bonne nuit papa, ajouta Claire en se penchant pour l'embrasser sur la joue.

— Bonne soirée ma grande. Il faudra qu'on invite Tom et sa mère, un jour. Tu penses que tu seras encore là ce weekend si je leur propose ?

La jeune femme interrompit son mouvement et pencha la tête d'un air perplexe :

— Tom et sa mère ? Pourquoi ?

— Pour faire connaissance, entre futurs grands-parents… Il est bien ce jeune homme. Je crois que Cécile sera heureuse avec lui.

Et sans en dire davantage, il se plongea de nouveau dans son magazine. Claire sentait ses pommettes cuire. Futurs grands-parents ? Est-ce que Cécile était… enceinte ?

Elle eut soudain une nausée si violente qu'elle crut que ses jambes allaient céder, et prit appui sur le mur du couloir, le cœur battant la chamade.

Pendant une minute, elle fut tentée de laisser tomber, de ne pas se rendre chez Tom, et d'opter pour le MacDo.

Mais non, elle n'allait pas faire ça. Elle allait s'y rendre, et elle allait avoir une conversation avec lui. Cette situation devenait ridicule. Ça finissait ce soir.

***

Pourchassée par une pluie glaçante, Claire courut de sa voiture jusqu'au porche de l'immeuble dont elle avait l'adresse. C'était un bâtiment récent de quatre étages, à l'accès protégé par une clôture à code.

26B74

Elle entra, trouva les interphones, sonna chez Leroy et monta au deuxième. Le couloir était propre et silencieux. Un rayon de lumière s'échappait par une porte entrebâillée.

Claire frappa des semelles sur le paillasson et pénétra à l'intérieur.

— Tom ? appela-t-elle sans oser entrer dans l'appartement sans y être invitée.

— Par ici, entre.

L'instant d'après, il arrivait d'une autre pièce et l'aidait à retirer son manteau pour l'accrocher dans le placard de l'entrée. Elle observa qu'il était pieds nus et entreprit d'enlever ses chaussures à son tour. Tom pinça les lèvres d'un air amusé en observant le trou de sa chaussette sur le gros orteil, mais ne fit pas de commentaire.

— Tu veux boire quelque chose ? demanda-t-il poliment. J'ai de la bière... je peux ouvrir une bouteille de vin aussi.

— Non, merci, pas d'alcool, répondit la jeune femme en retirant son écharpe et son bonnet. Je tiens à garder les idées claires.

Voilà qui donnait le ton. Tom n'objecta pas.

— J'ai aussi du perrier si tu veux. Ou du thé ? Tu as l'air frigorifiée.

— Du thé c'est parfait. Merci.

Elle se tenait dans l'entrée, le laptop dans les mains, n'osant pas bouger.

Tom disparut à l'angle du vestibule.

— Tu peux visiter si tu veux. Sinon je te laisse t'installer au salon. J'ai mis des cacahuètes sur la table basse, sers-toi.

Le cœur de Claire battait vite. Était-il seulement légal d'être aussi naïve ?

Elle venait de se jeter dans la gueule du loup, au cœur de l'intimité de Tom Leroy. Croyait-elle sincèrement en ressortir indemne ? Envoyer des sextos c'était une chose ; c'était elle qui tirait les ficelles. Mais cet appartement ? À en croire sa respiration saccadée et le rouge de ses joues, elle ne maîtrisait rien du tout.

À petits pas, elle avança dans le salon. La pièce avait été rangée à la va-vite, une pile de livres d'étude et de syllabus vétérinaires repoussée dans un coin. Les murs étaient blancs à l'exception d'un seul, tapissé d'un motif vintage rouge et noir. Un canapé de toile grise aux lignes modernes faisait face à un grand écran plat, et Claire y prit place, raide et intimidée.

À sa gauche, le salon s'ouvrait sur une cuisine américaine, petite, mais fonctionnelle. Tom était occupé à remplir la bouilloire et préparer des mugs.

— Quelle surface fait l'appartement ? demanda la jeune femme pour meubler.

– 65 mètres carrés. Tu veux faire le tour ? C'est un peu le bazar parce que je n'avais pas prévu d'avoir de la visite, mais normalement, je n'ai rien laissé trainer de compromettant.

— On parle de magazines pornos ou de slips sales ?

— Je le laisse à ton entière imagination, princesse. C'est bon pour un homme de conserver une part de mystère.

Et disant ces mots, il vint déposer sur la table basse un plateau avec deux mugs et une théière de fonte.

— Dark Vador, observa Claire en prenant le premier mug dans ses mains. Tu as une fascination pour lui, n'est-ce pas ? Le tatouage, le chat...

— Oui, je trouve le personnage tragique.

— Au point de te le faire tatouer ?

— Et pourquoi pas... un rappel qu'on a tous un côté obscur, mais aussi, droit à la rédemption. Et d'ailleurs... sa symbolique va de pair avec le Serpentaire.

— Le serpent-quoi ?

Tom déboutonna le poignet gauche de sa chemise noire et retroussa la manche sur son avant-bras, dévoilant le tatouage d'une constellation, à côté du masque de Vador.

Claire se souvint l'avoir remarqué, des années auparavant.

— Le serpentaire, reprit le jeune vétérinaire. Le treizième signe du zodiaque, celui qui n'a pas eu sa place dans le panthéon ; dans la mythologie grecque, c'est la constellation d'Asclépios, un médecin qui a défié la mort et provoqué la colère d'Hadès. La constellation déchue, qui veut tenir tête à la mort, c'est très Vador !

— Très Tom Leroy, aussi. Ça te va bien.

— Dans le zodiaque, reprit Tom en servant le thé fumant, c'est aussi le signe de l'amoureux possessif, celui qui protègera sa famille avec passion.

Claire pâlit. Le charme se brisa.

Elle fit une grimace.

— L'amoureux possessif qui protège sa famille ? Dans ta bouche c'est l'hôpital qui se fout de la charité !

Tom releva la tête, surpris de son soudain changement d'attitude.

— Qu'est-ce que tu veux dire ?

— Oh arrête ! Tu trompes ta copine avec sa sœur ! Ça va l'amoureux transi et possessif ? T'as pas l'impression de te moquer du monde ?

Elle ne souriait plus, le dos raide, la nuque crispée. Elle voulait sortir d'ici. La pièce lui parut soudain étouffante, avec ses lumières tamisées et son ambiance de garçonnière.

— Alors déjà, je n'ai pas trompé Cécile, commença Tom -

— Tu m'as roulé des pelles, deux fois, depuis vendredi ; fait l'amour au téléphone, envoyé des sextos. T'appelles ça comment ? Parce que si elle te faisait la même « allô mon amour, j'ai virtuellement sucé la bite de mon collège Robert, mais ne t'inquiète pas, je suis une amoureuse fidèle, je l'ai écrit sur mon tatouage », tu crois que tu le vivrais comment ?

Tom haussa un sourcil :

— Dis donc Claire Pasteur, est-ce que Cécile a une deuxième sœur ? Parce que tu décris la situation comme si tu y étais étrangère. C'est toi qui m'envoies des photos de tes seins sans arrêt, et c'est à cause de ces photos que je bande sans interruption depuis deux jours. Alors, ne joue pas l'innocente si j'ai passablement envie de te sauter dessus depuis !

Pendant un instant, Claire ne trouva rien à répondre. Comment faisait-il pour toujours tourner la situation à son avantage ? C'était rageant !

— Peut-être que c'est un test... dit-elle finalement, en plissant les yeux. Peut-être que si tu résistes, alors tu seras digne de l'amour de ma sœur.

— Je vais te dire une chose, souffla Tom en se penchant en avant, et Claire résista au besoin de reculer dans l'assise du canapé. Il est évident que je ne suis pas digne de Cécile. C'est une fille brillante, romantique, qui cherche un prince charmant pour l'aimer selon des codes de télénovela. Je ne suis pas cet homme-là. Elle mérite clairement mieux que moi. Toi, par contre...

Claire se mordit la lèvre, incertaine de ce qu'il allait dire ensuite. Elle avait le vague pressentiment que ça ne serait pas flatteur, et réfléchissait déjà à quitter les lieux sans dîner.

— Toi, par contre, reprit Tom, tu es comme moi. Tu n'en as rien à foutre des codes sociaux, tu te fous du regard des gens, tu vis avec passion et tu n'en fais qu'à ta tête. Je crois que tu es une princesse capricieuse qui a l'habitude de mener son monde à la baguette et qui joue les mère-la-vertu tout en fantasmant sur le copain de sa propre sœur. On est en feu tous les deux et je ne sais pas comment on va arriver jusqu'au dessert sans s'arracher nos fringues. Tu me donnes des leçons de fidélité, mais t'en as rien à foutre. Tout ce que tu veux, c'est te soulager, parce que ça fait 48 heures que la tension s'accumule.

— N'importe quoi, marmonna Claire, mais sa voix était si faible qu'elle-même n'en fut pas convaincue.

— Alors on fait quoi ? continua Tom. J'enlève ma chemise ou on passe à table ?

Claire détourna les yeux. Elle était énervée de ne pas pouvoir lui donner tort, énervée qu'il la connaisse si bien, énervée qu'il lise en elle avec une telle facilité, énervée d'avoir davantage envie de se jeter sur sa bouche que de lui mettre une gifle.

Tom eut un petit sourire, un de ces sourires victorieux exaspérants, qui lui creusaient des fossettes sur les joues :

— Si tu attends que je me jette sur toi, tu vas être déçue. Je ne prendrai aucune initiative, tu serais capable de me le reprocher ensuite. Mais tu devrais faire quelque chose, il y a de la fumée qui commence à te sortir des oreilles.

Il allait trop loin.

Quel insupportable connard arrogant !

— Oh, ta gueule, dit Claire, et repoussant les mugs, elle saisit Tom par le col de sa chemise et l'attira contre sa bouche.

Il en fut surpris une seconde, resta comme figé, puis s'abandonnant à ce baiser, il glissa les mains dans son dos et la serra contre lui.

« Chacun de tes baisers à une saveur de première fois » lui avait dit Claire.

C'était la troisième fois qu'ils s'embrassaient depuis leurs retrouvailles, et bon sang, chaque fois était plus intense que la précédente. Claire lui dévorait la bouche, insatiable, assoiffée. Elle en oubliait de respirer, mettant dans ce baiser une violence et une intensité qui trahissaient sa fébrilité.

— Embrasse-moi, soufflait-elle en deux battements affolés de son cœur. Embrasse-moi, embrasse-moi !

— Je suis là, mon amour, répondit Tom, ému par la passion dont elle faisait preuve. Je suis là…

Elle l'attira à lui, attaqua les boutons de sa chemise de ses doigts empressés, et Tom manqua de renverser la théière en contournant la table basse sans se détacher de sa bouche. Claire recula sur le canapé et il bascula avec elle dans les coussins. Enfin, ainsi enlacés, les doigts de Claire glissant sous la chemise de Tom pour y trouver sa peau, les mains de Tom s'aventurant sous le t-shirt de Claire pour y chercher ses seins, ils s'abandonnèrent.

Qu'il était bon de le sentir peser sur elle, lourd, chaud, protecteur, la chemise ouverte dont les pans pendaient en dehors de son jean, dévoilant son torse, les dessins à l'encre sur sa peau… Ses initiales à elle, CP10.

Leurs langues se cherchaient dans leurs bouches ouvertes, leurs mains semblaient découvrir leurs corps pour la première fois. Des deux poings, Tom fit passer le t-shirt par-dessus la tête de Claire, et sans prendre le temps de dégrafer son soutien-gorge le lui ôta de la même manière. Un courant d'air froid la fit frissonner et elle se cambra, frotta les pointes de ses tétons contre le torse de son amant. Il arracha sa bouche de la sienne, pinçant sa lèvre dans les siennes, comme pour l'entrainer avec lui, puis glissant la langue le long de la mâchoire de Claire, puis de sa gorge, Tom souffla :

— En souvenir d'une soirée chez Rodolphe...

Alors sa bouche se referma sur le sein droit de la jeune fille.

Claire poussa un feulement de chatte et ses doigts se crispèrent dans la chevelure brune, dense, du vétérinaire. Elle sentait ses tétons durcir sous la langue, alors qu'il y appliquait une pression, une succion, qui déclenchait dans tout son corps des décharges électriques. Elle bascula les hanches pour frotter contre celles de Tom, entre ses cuisses.

La langue du jeune homme avait quitté ses seins pour descendre, couvrant son ventre de baisers humides, s'attardant au creux de son nombril, et ses deux mains suivaient le mouvement, s'attardant sur ses côtes, sur sa taille, sur ses reins.

Un geste plus brutal que les autres et le jean de Claire glissa sous ses fesses.

Elle portait une culotte de coton blanc, avec une dentelle discrète sur le bord. Ce n'était pas un sous-vêtement fait pour séduire ; elle ne s'était pas habillée pour une soirée torride, et pourtant...

Claire replia les genoux pour que Tom puisse tirer sur les jambes du jean et le lui retirer. S'avançant sur ses avant-bras, il revint à sa hauteur, et fit glisser ses lèvres sur ses paupières, sur ses pommettes.

— Dernière chance, mon amour, chuchota-t-il au creux de son oreille. Tu es sûre de le vouloir ?

Pour toute réponse, Claire l'attira contre elle et lui donna un baiser voluptueux, humide et profond, à pleine bouche. Lorsqu'elle s'écarta pour reprendre son souffle, les lèvres luisantes de salive et de désir, elle murmura :

— Baise-moi maintenant, Tom Leroy. On regrettera après.

Il n'en demandait pas davantage, et de la pointe de la langue, traça un sillon humide sur son cou, entre ses seins, sur la peau blanche et fine de son ventre, puisqu'à venir poser les lèvres contre le coton de sa culotte.

Claire redressa les genoux, offerte.

Mais il faisait durer le plaisir. Il embrassait l'intérieur de ses cuisses, le creux de son aine, humait le parfum de son corps à travers le tissu. Sur le coton s'élargissait une auréole humide alors qu'il y déposait des baisers, devinant le sillon de sa vulve dans la culotte.

Claire, basculée en arrière, le dos cambré, les cuisses ouvertes, ne savait pas quoi faire de ses mains, qui griffaient la toile du canapé, les épaules de son amant ou s'accrochaient désespérément à ses cheveux. Lorsqu'elle glissa les pouces dans sa culotte pour la retirer, il l'en empêcha et elle se prit le visage dans les mains. S'il ne faisait pas quelque chose très vite, elle allait se liquéfier de désir et de frustration !

— Tom ! supplia-t-elle, baise-moi !

Elle le sentit glousser entre ses cuisses. Elle le lui ferait payer… après.

Mais elle sentit aussi qu'il tirait doucement sur sa culotte, et relevant les reins, elle l'aida à la retirer.

Le vêtement glissa sur ses fesses, sur ses cuisses, sur ses mollets, et disparut ensuite. Elle n'eut pas le temps d'y penser ; Tom écartait ses jambes des deux mains, et d'un bout de langue pointue, presque joueuse, vint embrasser son sexe. Le visage de son amant disparut entre ses cuisses, sous sa toison brune et bouclée, et Claire se laissa retomber sur les coussins en poussant un râle langoureux.

Il avait une bouche divine alors qu'il semblait la goûter, la savourer, faisant glisser la pointe de sa langue dans les creux et les plis les plus sensibles, découvrant chaque recoin, chaque sillon. Tout en bas, un anneau de nerfs si sensibles que Claire eut un hoquet lorsqu'il vint y glisser la langue, comme pour y pénétrer. Plus haut, après des baisers et des caresses buccales voluptueuses, il trouva la perle de son clitoris et vint la découvrir à petits coups de langue, vifs et nerveux, ce qui arracha à la jeune femme des cris de plaisir impossibles à réprimer. Elle sentait qu'elle allait jouir en quelques instants ; il le sentait aussi, et ralentit ses caresses pour la savourer, faire durer le plaisir.

Claire ne maîtrisait plus les mouvements de ses hanches contre cette bouche gourmande. Chaque baiser, chaque coup de langue embrasait son sexe, et elle sentait monter, depuis ses orteils, le long de ses jambes, au fil de ses cuisses, la tension nerveuse délicieuse qui la porterait jusqu'à l'orgasme. Elle saisit les cheveux de Tom dans son poing, suivit le mouvement de sa bouche d'une ondulation du bassin, écarta les cuisses, encore, comme pour exposer davantage son sexe à ses caresses et soudain...

La vague brûlante la submergea et Claire poussa un cri, alors qu'une coulée de lave montait de son sexe dans son ventre, dressait ses seins, chauffait ses joues et faisait rouler les yeux dans ses paupières. Elle vit orange. Une explosion lumineuse, suivie d'une seconde vague, moins intense, mais plus profonde, qui la fit crier encore, d'extase et de soulagement.

Elle retomba sur le canapé, terrassée par son orgasme, et un frisson la secoua des cheveux jusqu'aux orteils. Elle se mit à rire, hoquetant alors que sa peau frémissait encore, réminiscence de son extase. Tom était revenu à sa hauteur et la regardait avec tendresse. Tout son visage était barbouillé de sucs et de salive, mais il avait dans le regard une lueur qu'elle ne lui connaissait pas.

— Je t'aime, Claire Pasteur, dit-il simplement. Ça fait treize putains d'années que je t'aime. Mais te voir jouir ainsi dans ma bouche, ça valait l'attente.

— C'était les plus longs préliminaires de l'Histoire, sourit Claire, en l'embrassant tendrement. Je crois que si j'attendais davantage, j'allais mourir de combustion spontanée.

— On commence à peine, mon amour. On a toute la nuit.

Il l'embrassa encore. Sa bouche sentait le sexe de Claire, une odeur qu'elle connaissait bien, celle de ses orgasmes. C'était excitant de la goûter sur les lèvres de Tom.

Du bout des doigts, alors qu'il l'embrassait de nouveau comme si c'était la première fois et qu'il paraissait s'émerveiller des contours de sa bouche, elle défit la boucle de sa ceinture et repoussa son jean sur ses hanches. Tom dut cesser de l'embrasser pour retirer son pantalon et sa chemise.

Il portait un boxer noir qui ne dissimulait en rien son érection. Tout en haut, une auréole humide trahissait sa propre excitation. Avant de rejeter le jean au sol, il tira un préservatif de la poche arrière.

Claire haussa les sourcils.

— Tu avais une capote dans ta poche ? Tu avais prévu… ça ?

— J'en ai quelques-unes… au cas où, un peu partout dans la pièce. Je préférais ne pas en avoir besoin que l'inverse et ne pas en trouver.

Il descendit du canapé pour ôter son boxer et Claire observa avec fascination la révélation de ce sexe d'homme dont elle avait rêvé pendant tant d'années. Elle l'avait touché sans le voir, il l'avait déjà fait jouir sans se dévoiler, elle l'avait imaginé mille fois dans ses fantasmes ou ses séances solitaires… mais le voir ! Pour la première fois, sous ses yeux, se tenait Tom Leroy, dans sa nudité merveilleuse. Elle s'en mordit la lèvre, admirant la courbe de ses muscles, les dessins sur sa peau, le tracé noir de poils depuis son nombril jusqu'à la verge dressée pour elle entre ses cuisses.

Elle tendit la main. C'était chaud et très doux, presque velouté.

Tom frissonna.

— Je peux ? dit-elle doucement, en se penchant vers lui.

Tom souleva délicatement ses cheveux en arrière.

— J'avais surtout envie de faire l'amour avec toi.

— Je voudrais y goûter, dit-elle, et elle referma sa bouche sur le gland, chaud et lisse, devant elle.

Il était large pour elle, trop long aussi. Elle ne pourrait pas le prendre en entier. Mais ce n'était pas le but. Ce qu'elle voulait, c'était le savourer, à son tour. Lentement, avec application, elle glissa sa langue le long de cette verge désirée si longtemps, goûtant sa saveur salée, écoutant les réactions de son amant. Il avait crispé les poings dans ses cheveux pour lui dégager le visage et se tenait debout devant le canapé sur lequel elle était agenouillée. Elle sentait ses doigts tirer ses cheveux lorsqu'il aimait ce qu'elle faisait et ça lui donnait envie de lui, envie de poursuivre, pour le faire jouir, à son tour.

Audacieuse, elle relâcha les mains pour les glisser sur les deux fesses de Tom et guider le mouvement de ses hanches. Elle sentait qu'il craignait de lui faire mal, qu'il ne voulait pas la brutaliser, alors elle donna le rythme elle-même, pour l'encourager et elle le prit, profondément, suçant et aspirant avec un plaisir proche de la vénération.

Tom tira sa tête en arrière, délicatement, et elle relâcha la verge tendue, laissant un fil de salive s'étendre sur la longueur.

— Claire, si je ne te prends pas maintenant, je vais jouir dans ta bouche.

— Ça ne me dérange pas, répondit Claire en souriant.

— Je voudrais… je voudrais faire l'amour avec toi. S'il te plaît. Avant que…

Il ne finit pas sa phrase.

« Avant qu'on le regrette et qu'on ne change d'avis ».

S'il disait ces mots à voix haute, elle partirait et il n'y aurait plus de retour en arrière possible. Il ne voulait pas revenir en arrière. Il voulait plonger. S'il fallait être un salaud infidèle pour jouir de quelques instants de plaisir charnel au fond du ventre de Claire Pasteur, qu'il en soit ainsi. La famille Pasteur le haïrait, leurs anciens amis le mépriseraient, Cécile serait perdue à jamais, mais Claire…

Claire, la déesse.

Il l'aurait aimée, passionnément, le temps d'une étreinte éperdue.

Elle valait tous les sacrifices... Les regrets viendraient plus tard.

Claire hocha la tête et Tom déchira délicatement l'emballage du préservatif. Du bout des doigts, la jeune femme déroula le latex sur son sexe. Tom se pencha en avant et l'embrassa tendrement. Claire bascula en arrière, l'entrainant avec elle.

Il prit position entre ses cuisses et fit glisser son pénis tendu entre les plis glissants du sexe de la jeune femme.

— Tu es prête ? murmura-t-il contre sa bouche.

— Depuis dix ans... Je t'aime, Tom.

Il sourit, l'embrassa encore.

— Je t'aime, Claire...

Et disant ces mots, il la pénétra, enfin.

Front contre front, les yeux dans les yeux, Claire et Tom ne se quittèrent pas du regard tout le temps que dura cette première poussée. Le corps de Claire résista un peu, s'adaptant à l'intrusion, à ses proportions. Elle était glissante, prête et détendue, mais c'était un pénis inconnu, un toucher nouveau pour elle. Tom la sentait chaude, étroite, moelleuse, accueillante, alors qu'il creusait les reins pour s'enfoncer lentement aussi profondément que possible. Elle ajusta imperceptiblement l'angle de son bassin et il la pénétration s'intensifia. Tom glissa une main sous les reins de Claire, pour la soutenir et l'accompagner, et sans la quitter des yeux, il recula lentement, puis revint, au même rythme.

C'était lent et profond, le temps de s'adapter l'un à l'autre.

— On y est, dit-il en souriant tendrement. Je te fais l'amour, Claire Pasteur. Putain ça valait l'attente.

— N'attend pas dix ans pour me faire l'amour à nouveau, souffla-t-elle en réponse. Et embrasse-moi encore.

Il allait et venait en elle à présent un peu plus vite et glissa la langue dans sa bouche. Elle l'accueillit avec plaisir, lui rendit son baiser, alors que sa poitrine se balançait au rythme de ses reins.

Elle aimait cette sensation, apaisante, du sexe tendre. La vague était tiède, elle ne montait pas aussi vite que l'orgasme d'un cunnilingus, soupe au lait, explosif. C'était plus progressif. Des sensations moelleuses, tendres, accentuées par un baiser sur ses lèvres ou sur ses seins. Elle avait envie de jouir encore, sur son sexe, peau à peau. Le frottement du pubis de Tom contre son clitoris lui donnait des frissons.

Tom avait quitté sa bouche et blotti son visage au creux de son cou, où il mordillait et suçait — elle aurait une trace — et avait déplacé ses deux mains sur ses hanches. Il y enfonçait ses doigts alors que le mouvement de va-et-vient se faisait plus rapide. Claire s'agrippa à ses fesses et releva les genoux pour augmenter la pénétration. C'était si bon de le sentir en elle, meilleur que dans ses fantasmes et ses rêves érotiques. Leurs corps allaient parfaitement ensemble, fusionnés, complémentaires. Ils étaient faits pour s'unir ainsi, l'un dans l'autre, ne devenir qu'un seul, dans une étreinte brûlante qui chauffait son ventre et lui coupait le souffle.

Elle aimait l'écouter gémir, et souffler, contre elle. Elle aimait sentir perler la sueur sur sa peau. Elle aimait la saveur salée de ses baisers, le rythme régulier de ses coups de reins, la sensation de plus en plus forte de son propre plaisir. En contractant le ventre, elle pouvait faire monter le plaisir, accompagner les vagues qui montaient telle une marée irrépressible. Un peu plus intense, à chaque ressac. Un peu plus loin.

Elle avait chaud. Elle voulait jouir. Elle avait besoin que cette tension dans son sexe se libère et la délivre. Elle descendit une main entre-deux, trouva son clitoris, y appliqua son majeur.

Frisson.

Encore !

Tom allait vite, et fort, à présent. Il ressentait certainement la même chose, le même ressac, le même besoin de jouir, fort, au fond de son ventre et contre sa peau. Les coups qu'il donnait devenaient irréguliers. Claire, crispant ses doigts sur son clitoris, accompagnant le mouvement, ferma les yeux et s'abandonna au plaisir coupable de la chair. Jouir, dans les bras de son amant. Jouir avec lui, grâce à lui, jouir et faire jouir. Une communion.

— Tom, n'arrête pas... je... ça vient...

Il continua, soufflant contre son cou, puis se redressa sur les avant-bras et ce changement d'angle enflamma le sexe de Claire. Trois frictions du doigt et un nouvel orgasme la secouait, remontant le long de son corps jusqu'à sa gorge ; où la tension accumulée s'échappa en un râle sonore qui fit sourire son amant.

Elle sentit son sexe entier, vagin, clitoris, se crisper sur la verge de Tom, et cette sensation provoqua une nouvelle décharge, une nouvelle extase, un nouveau cri. Tom l'accompagna alors, secoué à son tour par l'orgasme, en longues giclées chaudes qui firent frémir la jeune femme.

Il retomba sur elle, embrassa ses seins, sa gorge, la peau tendre sous ses oreilles. Leurs peaux étaient moites et ils s'étreignirent longuement, comme craignant de rompre le charme lorsqu'ils s'arracheraient l'un à l'autre. Le sexe de Tom s'attendrissait déjà entre les cuisses de Claire et il recula lentement pour se retirer. Le préservatif fut ôté et noué, jeté sur la table basse.

Tom revint s'allonger contre la jeune femme, la serra dans ses bras, lui embrassa les tempes, les cheveux. Mais elle ne lui rendait plus ses baisers.

— Claire…

Elle détourna la tête. Tom fronça les sourcils.

— Claire, regarde-moi.

Comme elle refusait, Tom saisit délicatement son menton entre ses doigts et la contraignit à lui faire face. Claire avait le regard noir et les paupières rougies. Du plat de la main, elle essuya une larme qui roulait sur sa joue.

Et le cœur de Tom se brisa.

Chapitre 9

Tom se redressa en position assise et soutenant Claire par les épaules, l'attira contre lui. Délicatement, il la souleva pour qu'elle prenne place sur ses genoux, contre son torse. Elle se laissa faire et blottit son visage dans son cou, où elle se mit à pleurer.

— Chhhhh mon amour… murmura Tom, désemparé. Ça ira… on va trouver une solution…

Il avait entouré ses épaules de son bras, lui caressait les cheveux, lui embrassait le nez, le front, les lèvres.

— Quelle solution ? gémit Claire. Je dois choisir entre ma famille et mon amour, et je ne vois pas comment je vais surmonter ça. Ma mère aurait compris, mais mon père ? Et ma sœur ? Je viens de faire quelque chose d'impardonnable.

— Tu n'es pas seule, Claire. Je suis là… est-ce que tu crois au destin ? Je ne peux pas croire qu'on se soit aimés en secret pendant toutes ces années pour finir en tragédie. Tout va s'arranger.

La jeune femme se dégagea de son étreinte et commença à ramasser ses vêtements, éparpillés au sol.

— Pas de doute que ça s'arrange pour toi, Tom *Fucking* Leroy. Quoi qu'il arrive, tu auras une fille bien chaude dans ton lit et au pire, un vague sentiment de remords. Je ne peux pas en dire autant. Ce que je viens de faire, je vais en porter la marque pour le reste de mes jours.

Tom la regarda se rhabiller, et tendit le bras pour lui saisir le coude, la contraignant à lui faire face :

— Claire, ce qui vient de se passer, on l'a fait à deux ; on surmontera cette crise à deux. Quand je te dis que je crois au destin… j'assume mes actes, et je ne vais pas te laisser seule. Plus jamais. Je ne sais pas exactement quelle image tu as de moi, mais je n'ai pas l'intention de filer à l'anglaise après t'avoir sautée.

— Quelle image… ? Tu es le connard infidèle qui trompe ma sœur. Comment veux-tu que je te fasse confiance ?

Au lieu de se fâcher, il sourit.

— Et toi, la garce qui se tape le mec de ta sœur. Finalement, je crois qu'on est faits l'un pour l'autre.

C'était la première fois qu'on faisait à Claire une déclaration d'amour en la traitant de garce. Tom Leroy était bien la seule personne au monde à qui elle autorisait cet outrage. Elle enfila son jean, passa son t-shirt sans remettre le soutien-gorge. Ses tétons pointaient sous le jersey et Tom sentit remonter un début d'érection. Cette fille était belle en toutes circonstances, c'était à devenir dingue.

— J'ai faim, dit Claire. Je dois envoyer mes fichiers aussi. Si je rentre à Saint-Ferréol sans l'avoir fait, je vais vraiment perdre la face.

Tom se leva, saisit son boxer et l'enfila. Il passa son jean, mais resta torse nu.

— Le code du wifi est affiché sur le frigo. Je te laisse gérer ça pendant que je nous prépare des assiettes.

Il revint quelques instants plus tard, encombré de deux assiettes garnies d'une part d'omelette aux lardons et une salade verte. Claire pianotait sur son laptop.

— Bon appétit, dit-il en l'embrassant sur la tempe. Tu t'en sors avec le wifi ?

— Mes fichiers sont zippés et en cours d'upload. J'ai l'habitude de travailler avec Rosalie et elle connait ma palette. Elle va me sauver des heures de boulot.

— C'est une amie à toi ?

— Oui, une fille de Saint-Luc, notre école de dessin. Comme Riad. On s'est tous rencontrés là-bas et depuis, on est partenaires de galère.

Claire saisit les couverts que lui tendait Tom et piqua dans l'omelette.

Il la regarda manger, comme indifférent au contenu de son assiette.

— J'admire que tu aies pu faire ça ; du dessin. Tu étais déjà passionnée au lycée.

— Tu parles, si j'avais su j'aurais fait autre chose, commerce ou tourisme, un truc avec des débouchés et l'ambition folle d'avoir de quoi me payer à bouffer en fin de mois ! Les métiers « passion » c'est bien joli, mais la vérité c'est qu'à l'exception de quelques élus, on bosse 14 heures par jour pour une bouchée de pain. C'est à vous dégoûter de dessiner.

— Tu n'aimes plus dessiner ?

— J'aimerai toujours dessiner. Mais la contrainte et la pression, Tom ! Ça vous coupe les ailes.

— Dessine-moi, alors.

Claire releva la tête, la bouche pleine d'omelette.

Tom haussa les épaules d'un air innocent :

— Dessine-moi. Pas de contrainte, pas de pression, et en prime la possibilité de faire l'amour avec ton modèle !

Claire frémit. Elle aimait les mots « faire l'amour » dans la bouche de Tom. Il avait une façon de prononcer cette phrase, de sa voix grave, qui faisait vibrer quelque chose dans le ventre de la jeune femme.

— Je ne crois pas qu'on devrait recommencer. Tu dois… parler à Cécile avant. Je ne serai pas ta maîtresse soumise et éplorée, Tom.

— Ah mais j'y compte bien. Je ne tiens pas à ce que tu sois soumise ni éplorée. Tu étais déjà ardente sur la plage au bord du lac et on n'avait échangé qu'un baiser. Si je voulais une fille douce, je serais...

— Avec Cécile ?

Tom se mordit la lèvre. Il aurait aimé parler tranquillement avec Claire cinq minutes sans que Cécile ne s'interpose. Au vu des circonstances, ça ne serait pas si simple.

— Cécile n'est pas une fille douce, c'est une passionnée, elle aussi. J'ai l'impression que les sœurs Pasteur ont été élevées comme des battantes, et je crois même que c'est une des raisons pour lesquelles vous m'obsédez depuis toutes ces années. Toutes les deux.

— Mais elle, elle rêve d'un conte de fées. Elle s'envisage en Cendrillon alors que moi je suis… Vanessa.

— C'est qui Vanessa ?

— La sorcière séductrice dans la petite sirène. Celle qui séduit le Prince par pure méchanceté et qui au fond d'elle, est un monstre à tentacules.

— J'ai toujours trouvé Vanessa plus sexy qu'Ariel, dit Tom en posant doucement la main sur la cuisse de Claire.

Elle se dégagea vivement.

— Arrête un peu. Tu ne peux pas te tirer de toutes les situations avec du sexe. À un moment il va falloir maîtriser ta queue et faire face aux conséquences.

Tom poussa un soupir, perdant patience :

— Mais tu veux que je lui dise quoi, exactement ? Tu es impliquée jusqu'au cou dans cette galère, toi aussi ! Tu veux

que j'appelle Cécile pour lui dire qu'on baise, toi et moi ?
C'est ça que tu veux ?

Claire eut un mouvement de recul, surprise par la réaction de Tom qui jusqu'alors, s'était montré calme en toutes circonstances.

— Déjà, tu pourrais lui dire que tu la quittes, ça serait un début. Elle n'aurait pas besoin d'en savoir davantage. Et ensuite... Dans quelques mois, on... tu pourrais lui dire que tu es avec moi.

— Oh, c'est commode ça. Et c'est moi que tu traites de lâche ? Je te rappelle qu'il faut être deux pour baiser, Claire, et tu étais non seulement totalement consentante, mais aussi totalement lucide. On n'a pas bu une goutte, ce soir ! On n'a aucune excuse, aucune !

— Arrête un peu ! s'écria Claire, les yeux baignés de larmes. J'ai infiniment plus que toi à perdre ! Nos situations ne sont pas symétriques ! C'est ma sœur, putain ! Ma sœur ! Ma mère est morte, mon père est dépressif, et je viens de me taper le mec de ma sœur ! Tu... tu as pensé aux conséquences ? Sur moi ? Sur ma famille ?

— Bien sûr que j'y ai pensé, répondit Tom en baissant les bras. Et j'ai jugé que tu étais assez grande pour savoir ce que tu faisais. Ça fait deux jours que tu me bombardes de photos de toi nue, sans déconner, et maintenant tu me reproches de ne pas t'en avoir empêchée ?

La jeune femme se prit le visage dans les mains et se recroquevilla sur le canapé, remontant ses genoux sous son menton. Elle paraissait si vulnérable, si malheureuse, que toute la rancœur de Tom s'envola. Il vint s'asseoir près d'elle et posa une main sur sa jambe.

— Claire. Je vais quitter Cécile. Et je vais en prendre l'entière responsabilité. Mais encore une fois, je ne vais pas le faire par téléphone alors qu'elle joue sa carrière face à un client difficile. Quand elle rentrera, je lui parlerai. C'est promis. Je ne te laisserai pas seule face à la tourmente. On a enclenché ça ensemble ; on fera face ensemble. D'accord ?

Elle hocha la tête, essuyant ses larmes du plat de la main. Comme Tom se penchait vers elle, elle le rejoignit et l'embrassa, longuement, avec tendresse. Leurs cœurs à l'unisson, leurs souffles coordonnés, elle s'abandonna à ce nouveau baiser. Tout était à sa place. Ils étaient faits l'un pour l'autre. Comment quelque chose qui semblait si juste, si parfait, pouvait-il être si cruellement condamnable ?

∗∗∗

Claire rentra à Saint-Ferréol à sept heures du matin, une heure avant le réveil de son père. Elle n'avait pas dormi, faisant insatiablement l'amour avec Tom ; sur le canapé encore, puis dans sa chambre, parfois tendrement, parfois violemment, toujours passionnément. Ses lèvres étaient enflées et endolories, et elle portait sur les seins et la base de son cou de nombreuses marques de suçons.

Rosalie avait reçu les fichiers et pourrait dégrossir les couleurs des vingt planches restantes… les choses paraissaient s'améliorer, si on faisait abstraction de sa liaison avec le copain de sa propre sœur.

Elle dormit jusqu'à treize heures, prétexta une gueule de bois, et s'enferma dans sa chambre pour travailler sur ses couleurs avec du Doliprane et un mug de café noir. Tom travaillait et n'était pas disponible pour des conversations, mais il prenait le temps de répondre à ses textos ponctuels.

* *Ta bouche me manque.*
* *Vraiment ? Tu ne m'as pas beaucoup écouté hier pourtant.*

* *Tu parles trop. Je te ferai taire entre mes cuisses.*
* *Chiche*

Elle gloussa.

Ils avaient joui l'un dans l'autre un nombre incalculable de fois et s'ils n'avaient pas dû se séparer pour aller travailler, ils seraient certainement en train de jouir encore.

* *Tu viens dîner à la maison ?*
* *OK. J'apporte un Paris-Brest pour le dessert.*
* *Tu es parfait.*
* *Évidemment*

Étrange ambiance, à la maison, ce soir-là.

Claire luttait contre la rougeur de ses joues à chaque fois que Tom passait dans son champ de vision ; des souvenirs fugaces de leurs étreintes de la veille lui revenaient dès qu'elle croisait son regard. Georges avait choisi une bonne bouteille et couvrait son gendre de petites attentions. Sans vraiment faire d'effort, Tom Leroy avait séduit chaque membre de la famille Pasteur ; père autant que les filles lui mangeaient dans la main.

— Comment va ma Cécile, des nouvelles ? demanda Georges en fin de repas, tout en débouchant une bouteille de vin blanc liquoreux.

Ils avaient déjà bu la bouteille de vin rouge avec le dîner, mais le père de Claire semblait déterminé à prolonger la soirée.

Cette dernière se figea en entendant la question. Avec une mauvaise volonté — voire une mauvaise foi — dont elle n'était pas fière, elle avait délibérément occulté sa sœur de ses préoccupations. Penser à Cécile la renvoyait à la gravité de ses actes, à sa trahison innommable, et éclaboussait sa liaison passionnée avec Tom Leroy d'un nauséabond parfum d'adultère. Quel genre de salope couchait avec le copain de sa propre sœur ?

Elle aurait voulu blâmer Tom ; ça aurait été commode de lui en faire endosser l'entière responsabilité, mais il avait été plus malin qu'elle : il s'était débrouillé pour que chaque baiser, chaque baise, soit de son initiative à elle. Il était en maîtrise absolue de la situation, alors qu'elle-même avait le sentiment d'être ballotée par ses pulsions telle une coquille de noix au cœur d'une tempête.

Claire emplit son verre de vin blanc et le but d'une traite.

— Cécile est toujours aux États-Unis, répondit Tom tranquillement. Son séjour a été prolongé, elle rentrera la semaine prochaine, finalement.

— J'aimerais rencontrer tes parents, dit Georges en entamant sa part de dessert, je disais à Claire hier que je ne rajeunissais pas…

Claire jeta un regard en coin à Tom, qui semblait imperturbable.

— Mes parents sont divorcés, dit-il, et dans ton intérêt, mieux vaut ne pas les réunir tous les deux dans la même pièce.

— Il le faudra bien pourtant, insista Georges. Cécile va bientôt avoir trente ans.

— Papa ! intervint Claire, fiche-lui la paix ! Ils sortent ensemble depuis seulement trois mois ! Tu ne crois pas que tu t'emballes ?

— Je sais reconnaître un homme amoureux quand j'en vois un, répondit simplement Georges en fixant son gendre droit dans les yeux. Et celui-là a une rougeur aux joues qui ne trompe pas.

Si elle avait pu, Claire se serait frappé le front sur la table. Mais elle devait prétendre être étrangère à cette situation, prétendre ne pas être accablée par le malaise qui venait de s'installer. Une rougeur aux joues... Pour Cécile ou pour elle ? Cet imbroglio devenait infernal.

Elle opta pour un nouveau verre de vin blanc sucré.

— On organisera cette rencontre au retour de Cécile, reprit Georges en souriant. Je suis heureux qu'elle soit tombée sur un gars bien, après la tripotée de salauds qu'elle a subis. Elle a bien mérité un peu de répit.

Tom semblait concentré sur sa part de gâteau ; Claire descendit un autre verre.

Georges lui retira la bouteille d'un geste vif :

— Doucement, Clarinette. Tu n'as rien à envier à ta sœur, tu sais ; tu es bien installée à Bruxelles. Je pourrai venir te rendre visite, qu'en dis-tu ? Tu me présenteras ton copain.

— Papa, ça suffit, gémit Claire, à court d'arguments. Laisse-nous gérer nos vies, tu veux ?

Elle avait bu un peu trop, un peu vite. Sa tête lui tournait légèrement et elle se leva en s'appuyant sur le dossier de sa chaise :

— Je suis fatiguée, je dors mal en ce moment. Je vais monter me coucher. Ne restez pas trop tard, vous deux.

Elle se pencha vers son père, lui fit une bise sur le front, puis vers Tom pour l'embrasser sur la joue. Il la laissa faire, mais elle sentit sa main remonter le long de sa cuisse. Est-ce qu'il la touchait devant son père ?

D'un regard en coin, elle comprit que la table dissimulait ce geste aux yeux de Georges.

— Est-ce... tu vas dormir ici ? dit-elle finalement d'un ton aussi neutre que possible.

Georges saisit la question au vol :

— Il va jouer au poker avec moi, le temps qu'il décuve ; il n'est pas en état de conduire. Si Cécile perd son fiancé à cause de nous, elle ne s'en remettra jamais !

Il rit, content de sa bonne blague. Claire était atterrée ; les sous-entendus saupoudrés par son père étaient-ils réellement accidentels ? Tout le monde avait beaucoup trop bu pour être fréquentable, ce soir.

— La chambre de Cécile est libre en tous cas, si tu veux coucher ici, Tom, observa la jeune femme. À toi de voir si tu pourras supporter papa une soirée de plus.

— Va te coucher, chipie ! gronda Georges, et Claire lui fit un sourire affectueux.

Elle ne pouvait pas dire beaucoup plus en présence de son père, et ignorait si Tom choisirait de rentrer chez lui ce soir. Laissant les hommes à leurs conversations, elle monta se coucher.

***

Elle fut tirée de son sommeil par le lit qui se creusait. Tom vint se blottir contre sa peau et elle sentit qu'il lui embrassait la nuque et les cheveux.

— Tu n'es pas rentré chez toi ? murmura Claire, la voix pâteuse.

— Tu n'es pas dans ta chambre ? répondit Tom en glissant les bras autour de ses épaules.

Il disait vrai : Claire s'était couchée dans le lit de Cécile.

— Je ne voulais pas manquer un instant avec toi...

— Pareil. Demain je bosse et demain soir je suis de garde. Viens dormir à la maison ?

C'était tentant… la perspective d'une nouvelle nuit de sexe enfiévré et de promesses d'amour.

— Non, papa se poserait des questions.

Elle se retourna pour lui faire face, l'embrassa tendrement. C'était si bon, d'être dans ses bras, si doux. Est-ce que c'était ça, le sentiment d'appartenance ? « Home » diraient les Anglais. Blottie dans les bras de Tom, elle était à sa place.

— J'ai envie de toi, souffla-t-elle contre sa bouche.

Il sourit tendrement, la fit délicatement basculer sur le dos et d'un geste doux de la main, lui écarta les cuisses. Elle était chaude et humide pour lui, il le sentit du bout des doigts, vint la caresser doucement.

Elle ne portait rien sous sa chemise de nuit et après avoir enfilé un préservatif, il la pénétra sans même la déshabiller. Claire l'embrassait à perdre haleine, les deux bras accrochés à ses épaules.

— J'ai passé treize ans à t'attendre, ça fait deux jours que nous sommes amants et je ne sais pas comment je vais survivre à notre séparation, murmura-t-elle, haletante.

— Il n'y aura pas de séparation, mon amour, répondit Tom. Tu pourrais venir habiter chez moi. On aménagerait ton bureau dans ma chambre d'amis.

— Tom… Cécile va rentrer et je vais repartir à Bruxelles. Tant que vous n'aurez pas réglé la situation, nous n'avons aucun avenir.

— On doit discuter de ça maintenant ? objecta Tom, enfoui au creux de ses reins.

— Maintenant, demain et jusqu'à lundi on va rattraper le temps perdu. Mais ensuite ? Ensuite je vais te quitter.

— Ne gâchons pas ces derniers jours, alors… dit-il en l'embrassant de plus belle.

Ils firent l'amour longuement, prenant leur temps, savourant leurs baisers. Claire jouit en silence, la tête rejetée en arrière, les mains griffant le dos de son amant. Moites de sueur et de salive, ils retombèrent dans le lit de Cécile.

Tom contempla sa jolie brune s'endormir dans ses bras. Elle était incroyable, débordante de passion pour lui. Il avait vu cette passion dans son regard le premier jour, sur le perron du collège ; il n'avait pas su l'interpréter alors, ils étaient trop jeunes pour mettre des mots sur ce qui était en train de se passer. Et maintenant c'était une femme adulte, magnifique, brûlante, qui lui faisait l'amour dans le lit de sa sœur.

Quoi qu'elle en dise, il était convaincu que c'était délibéré de sa part ; une façon de marquer son territoire ?

Il était pressé que Cécile rentre, à présent. Il voulait lui parler, crever l'abcès. Il la quitterait et elle réagirait mal, serait violente, avalerait sans doute des cachets. Il veillerait sur elle, préviendrait leurs amis communs pour s'assurer que Cécile ne reste pas seule. Puis il monterait à Bruxelles, botterait le cul de Riad et ferait l'amour à Claire debout contre le mur. Ensuite il la demanderait en mariage et ils vivraient très heureux, très longtemps.

Tom fronça les sourcils. Depuis quand envisageait-il le mariage ? Ça n'avait jamais été considéré avec aucune de ses copines et quand Georges en parlait c'était même plutôt dérangeant. Est-ce qu'il couchait avec Claire depuis quarante-huit heures et se voyait déjà l'épouser ? Quelle mouche le piquait ?

« Tu n'es pas avec elle depuis quarante-huit heures, murmura une petite voix dans sa tête. Tu es avec elle depuis treize ans. C'est la femme de ta vie et tout le reste n'a été qu'accidents de parcours. Épouse-la. »

Mais la petite voix oubliait un détail.

Cécile.

Il tendit la main vers son téléphone.

— Bonsoir mon cœur, dit la voix guillerette de Cécile.

Un appel à minuit, on progresse !

— Salut…

« Mon cœur » ne lui vint pas. Il n'y arrivait pas. Il appelait sa copine depuis le lit de cette dernière alors que sa maîtresse dormait littéralement dans ses bras. À ce stade d'ignominie, soit il terminait cette farce ici et maintenant, soit il mourrait en étant le pire lâche et le pire salaud de l'Histoire de l'adultère. On trouverait son portrait dans le dictionnaire pour illustrer le mot « infamie ».

— Comment ça se passe en Californie ? Pas de neige ?

— Non, tu penses ! Il fait plutôt doux. Mais il y a des pistes de ski à quelques heures de route à peine, dans les hauteurs. Ça va en Savoie ? La cheville de papa ?

La météo, évidemment. La santé, tout ça. Parle-lui, Tom !

— Oui, Georges va mieux, mais Claire est avec lui toute la journée. Je crois qu'il souffre plus de solitude que de sa fracture. Une aide à domicile va prendre le relai dès lundi. Claire repartira à ce moment-là.

— Entendu. C'est bien qu'elle soit restée. J'ai été un peu brutale l'autre jour, mais il faut aussi qu'elle assume ses actes, ce n'est plus une gamine. Elle ne te fait pas trop tourner en bourrique ? Je sais combien elle peut être envahissante…

Tourner en bourrique ? Envahissante ? Voilà de doux euphémismes pour décrire leur relation depuis deux jours...

— Elle travaille, et moi aussi. Tous les deux on...

Parle, Tom *fucking* Leroy !

–... on ne se voit pas beaucoup.

Merde !

— Tant mieux, dit Cécile d'un ton détaché. Elle a toujours été jalouse de moi, à tenter de me copier... elle avait un crush sur toi juste pour me faire enrager, tu te rappelles ?

Je me rappelle, oui.

— Je ne serais pas surprise qu'elle soit collante avec toi pour me narguer. Envoie-la balader si c'est le cas, d'accord ? Elle ne le prendra pas mal, elle a juste besoin que quelqu'un lui enseigne le savoir-vivre.

— Non ne t'inquiète pas. Je n'ai rien remarqué de déplacé. Elle est tout à fait aimable avec moi.

Putain !

Il prit une inspiration :

— Quand est-ce que tu rentres, est-ce que ça se précise ?

« Il faut qu'on parle » risquait de l'affoler... il laissa la phrase en suspens.

— On nous a invités à passer le weekend à Reno, au Nevada, dans un hôtel -Casino. Un truc de touristes, mais un incontournable pour les Français comme nous. Je rentrerai ensuite, tout est parfait avec le client, le contrat est sauvé.

— Bravo. T'es la meilleure. Je n'ai jamais douté de toi.

— Tom, est-ce que ça va ? Tu as l'air triste ?

Je suis triste parce que je n'y arrive pas.

Je suis triste parce que tu es heureuse à cet instant et que je m'apprête à tout gâcher.

— C'est rien, je suis content pour toi. Quelle veinarde, un petit weekend de vacances au Nevada ! Peut-être que je suis un peu jaloux.

Tu es le dernier des minables.

— Je t'aime, mon cœur. Je vais rentrer bientôt, et on organisera des vacances ensemble, d'accord ?

— Bien sûr. Passe une bonne soirée alors.

— Bonne nuit à toi. Je t'aime !

Il raccrocha sans répondre. « Je t'aime » était au-dessus de ses forces.

Contre son torse, Claire soupira voluptueusement dans son sommeil.

**

Claire avait du travail.

Rosalie s'était avérée d'une aide précieuse, dégrossissant le travail de couleur en effectuant ce qu'elles appelaient « des aplats », à savoir un coloriage numérique sans nuances, une tâche ingrate et terriblement chronophage pour laquelle elle était payée 15 € par planche. Claire pourrait retravailler ensuite sur ces couleurs « plates » et parvenir à coloriser jusqu'à trois planches par jour, sous réserve de ne pas être interrompue.

Il fallait une connexion internet haut débit pour échanger les planches en haute définition, et entre mercredi et vendredi, Claire se rendit quotidiennement à

Annecy pour se connecter chez Tom. Elle n'y allait plus le soir ; ça aurait été impossible à justifier auprès de son père, et de toute façon elle avait réellement besoin de dormir.

Pour Georges, sa fille partait une fois par jour faire un tour de quelques heures, passait au MacDo se connecter au wifi, trainait sur internet, et rentrait travailler sur ses couleurs et lui tenir compagnie.

Pour Tom, sa maîtresse le retrouvait à l'arrière du cabinet vétérinaire et soit il lui faisait l'amour à même la table de consultation, soit il la rejoignait chez lui sur sa pause déjeuner, mais ne déjeunait guère.

Claire avait sa clé, elle était déjà chez lui comme chez elle.

— C'est trop bête d'être si près et contraints de se voir en secret, soupira Claire en s'arrachant de la bouche de son amant.

— Viens passer le weekend ici, proposa Tom. Je travaille samedi, tu pourras avancer sur tes couleurs sans être dérangée. Et nous aurons toute la nuit et la journée de dimanche pour nous avant ton départ lundi.

— Papa va se douter de quelque chose, et je ne peux pas travailler sur mon laptop : il me faut mon écran, il est calibré pour mes couleurs.

Tom enfila sa chemise dans son jean dont il boutonna ensuite la braguette. Le préservatif usagé était encore sur la table d'inox et il le jeta dans une boîte scellée destinée aux déchets médicaux. Claire descendit de la table et ramassa sa culotte. Ils avaient encore les joues rouges et les cheveux ébouriffés par leur étreinte.

— Dis à ton père que tu as un souci de boulot, que tu dois remonter à Bruxelles, et viens chez moi à la place. Tu es déjà restée une semaine de plus que prévu alors que tu es en plein bouclage, il comprendra !

— Tom, protesta Claire, je ne peux pas faire ça ! Tu es en train de mettre en place des mensonges de plus en plus gros pour dissimuler notre liaison, c'est... ça va trop loin.

Tom haussa les sourcils :

— Est-ce que ton père n'est pas convaincu que tu es branchée au wifi du MacDo en ce moment ? En quoi est-ce différent ?

— Ça n'a rien à voir... Je m'absente quelques heures dans la journée et il n'a pas mon emploi du temps précis, c'est tout. Là tu me parles de mettre en place une espèce de stratagème pour me débarrasser de lui !

Claire enfila son jean, le boutonna, mais avant qu'elle ne puisse attraper ses chaussures Tom l'attira dans ses bras, par derrière, humant ses cheveux :

— Claire, Cécile rentre lundi. À partir de là tout va devenir compliqué. S'il te plaît, viens passer ces deux derniers jours avec moi...

La jeune femme se retourna pour lui faire face. Elle ne souriait pas :

— Mais tu arrives à te regarder dans le miroir ? Tromper ta copine sur une impulsion c'est déjà minable, mais monter des alibis ?

— Je te trouve un peu dure... je ne suis pas un infidèle chronique ! Tu crois que ça m'amuse ?

— Ce n'est pas la première fois, Tom. Tu as trompé ta copine à la fête de la musique, aussi, si mes souvenirs sont bons...

— Avec toi, Claire ! s'exclama Tom, exaspéré. Avec toi ! Tu ne vois pas le schéma, là ? On prend les mêmes et on recommence !

Elle s'était dégagée de ses bras et nouait ses converses, l'air concentré. Tom s'approcha doucement, posa une main sur son épaule.

— S'il te plaît, viens ce weekend. Dis à ton père que tu remontes à Bruxelles et rejoins-moi. Je ne sais pas quand nous aurons l'occasion de nous revoir ensuite… et pour le bien de ta sœur, il serait même mieux de ne pas nous revoir trop vite.

Claire se redressa.

— Mais… et papa ?

— Ton père survivra, Claire, il n'est pas impotent ! L'auxiliaire de vie que vous avez engagée viendra lundi, je serai présent si tu veux. Juste pour le premier jour. Tout va bien se passer.

***

Georges fut déçu lorsque Claire lui expliqua qu'elle prenait du retard sur ses couleurs et qu'elle devait remonter à Bruxelles pour espérer terminer son travail dans les temps, mais il n'insista pas. On parlait de la carrière de sa fille, pas d'un caprice ! Il n'avait pas le droit de l'empêcher de progresser et en restant une semaine de plus que prévu elle avait déjà fait beaucoup pour lui.

Tom s'était engagé à venir lundi matin, son jour de congé, pour le premier jour de la nouvelle employée de maison ; il lui ferait visiter et s'assurerait que tout se passerait bien.

Samedi matin, Claire chargea son matériel dans sa voiture et embrassa longuement son père en lui promettant d'être prudente sur la route. Oui, elle l'appellerait en arrivant, sans faute. Aussitôt hors de vue de la maison, elle ajouta une alarme dans son téléphone pour la fin d'après-midi : « appeler papa ».

Quelques dizaines de minutes plus tard elle était à Seynod, garait sa voiture devant l'immeuble de ville où habitait Tom Leroy et tirant la clé de sa poche, entrait chez lui. Elle connaissait bien l'appartement, à présent, et devait admettre qu'il était facile de s'imaginer habiter ici, et transformer la chambre d'amis en atelier.

Tom occupait une chambre de 12 m², et stockait dans cette seconde pièce, plus petite, son matériel de sport, ses poids en fonte, ses livres d'étude et tout un bric-à-brac divers, dont la litière et le griffoir du chat. La pièce était lumineuse et Claire projetait déjà ici sa table à dessin et là, son matériel informatique.

Bien installée
Bienvenue chez toi

Elle sourit.

« Bienvenue chez moi ».

Il était doux de se laisser aller à ces rêveries. Avec son métier, elle n'avait pas d'attaches et pouvait très bien s'installer ici... Son père en serait heureux, une fois qu'il aurait digéré le coup de poignard qu'elle s'apprêtait à planter dans le dos de sa propre sœur.

Tu déjeunes avec moi ce midi ?

Non, le samedi c'est non-stop. Je vais rentrer vers 19h. Ensuite je vais t'emmener dîner quelque part, comme un couple officiel, ça te dit ?

Je préférerais passer plus de temps avec toi et moins à devoir bien me tenir en public. Rentre, on mangera des restes et on va faire l'amour toute la nuit.

Bon plan. Ça me va.

Souriante, étrangement sereine au vu des circonstances, Claire fit chauffer de l'eau pour le thé et installa son matériel. Elle avait une connexion, du temps, personne pour la déranger, et un Earl Grey fumant à portée de main ; au-delà du mensonge, c'était un vrai bon plan. La journée s'annonçait productive.

En dépit de ses réticences, Claire devait admettre que l'idée de Tom était réellement brillante. La jeune dessinatrice avait travaillé sans interruption toute la journée du samedi, et ressentit une émotion indescriptible quand il était rentré, après le travail, un bouquet de fleurs dans les mains.

Elle avait l'impression de vivre un instant de bonheur conjugal parfait. Le travail, l'appartement, le repas sur le pouce, et ce « bonsoir chérie, comment s'est passée ta journée » ?

Mon Dieu, elle était si bien ici, ainsi. Travailler sur ses couleurs ou ses projets d'illu, le retrouver ensuite, s'émerveiller d'être ensemble. Elle en venait à penser que c'était sa place légitime ; c'était elle, celle qu'il aimait. C'était elle, celle qu'il voulait. L'autre était l'intruse, un bug dans la matrice. Cécile n'avait pas de rôle dans leur couple, et non l'inverse... bientôt, tout rentrerait dans l'ordre.

La soirée fut douce, la nuit voluptueuse, la matinée sereine. Les amants dormirent longtemps, puis restèrent au lit à chuchoter et s'embrasser, savourant le plaisir simple de n'avoir aucune contrainte.

Peu avant midi Claire prit une douche, rangea ses affaires et s'habilla, puis s'installa sur son ordinateur pour travailler quelques heures ; Tom partit courir et revint avec le déjeuner. Il se lava à son tour, se rasa avec soin et entreprit de faire un peu de ménage ; la poubelle était pleine de préservatifs, le chat avait gratté sa litière et mis du sable partout, et de manière générale l'appartement avait été négligé depuis une semaine. Claire leva les pieds quand le jeune vétérinaire vint fouiller sous sa chaise avec le manche de l'aspirateur, mais ne fit pas un geste pour l'aider. Elle avait du travail !

— J'aimerais bien que tu me dessines, lui demanda Tom alors qu'elle était concentrée sur son écran.

La dessinatrice leva les yeux :

— Maintenant ?

— Oui. Tu pars demain... Le dernier dessin que tu m'as offert, je l'ai toujours dans la peau et je le connais par cœur. Je voudrais un nouveau dessin, à garder précieusement lui aussi. Un souvenir.

— T'as besoin de ça pour te souvenir de moi ? dit Claire avec malice.

— S'il te plaît ? Fais une pause et dessine-moi.

La jeune femme déposa son stylet et s'étira longuement.

— D'accord. Mais je te préviens, je suis rouillée.

— Je peux t'aider à t'assouplir, si tu veux, rétorqua Tom avec un petit sourire.

— Tais-toi, andouille, et assieds-toi sur le canapé.

— Je me déshabille ?

— Pas la peine. Je vais juste te dessiner. Habillé !

Ça faisait longtemps qu'elle n'avait plus fait de modèle vivant et les premières esquisses furent ratées et jetées. À 16 ans elle avait su croquer ses traits à main levée, presque sans effort. Avait-elle perdu son œil, celui qui guidait sa main pour saisir une image à la pointe du crayon ? Elle manquait simplement d'entraînement, et les dix minutes de pause se transformèrent en heures. Claire fit de Tom des dizaines de portraits, plus ou moins réussis. Il en choisit un qu'il glissa dans la poche arrière de son jean.

Le jour déclinait, et avec lui l'humeur de la jeune fille. Elle repartait le lendemain à la première heure. Il fallait qu'elle ait quitté les lieux avant que Cécile de reprenne sa place dans la vie de Tom. Cette dernière arriverait de Californie, serait sûrement épuisée par le décalage horaire et dormirait certainement à Lyon, mais Claire ne tenait pas à être là lorsqu'il recommencerait à recevoir des textos et des appels de sa légitime.

« Oui mon cœur, j'ai passé une bonne journée, bisous bisous et nia nia nia. »

Claire n'était pas certaine du déroulé des jours suivants. Elle se délectait dans l'instant présent, dans cette intimité partagée avec Tom Leroy, mais savait que ça n'allait pas durer.

Les textos sensuels prendraient fin. Les appels nocturnes aussi, les rencontres relèveraient du souvenir. Demain elle devrait affronter la jalousie de Riad et débarrasser ses cartons du petit appartement de Rosalie. Il fallait aussi qu'elle finisse ses planches, dues le vendredi suivant. Cette période de flottement apaisée, son carnet de croquis à la main, c'était le calme avant la tempête... elle n'avait pas hâte de plonger dans la tourmente.

— Claire, quelque chose ne va pas ?

Tom avait vu son visage s'assombrir, alors qu'elle rangeait ses dessins et reprenait place derrière son écran.

— Ce n'est rien, dit-elle en haussant les épaules. Je n'ai pas envie de retourner à ma vie d'avant, c'est tout. Tu vas me manquer.

Il déposa un baiser sur sa tempe :

— On va trouver une solution, mon amour. Peut-être pas en deux jours... Mais ça va s'arranger.

Un bruit leur fit tourner à tous les deux la tête.

Une clé dans la serrure, et la porte d'entrée s'ouvrit sur la silhouette d'une jeune femme qui tirait une valise.

Tom s'éloigna de Claire comme s'il venait d'être ébouillanté.

— Cécile ? s'exclama-t-il, effaré. Mais, tu n'es pas en Californie ?

Chapitre 10

Quelque chose de reptilien s'enclencha dans le cerveau de Claire ; un instinct de survie.

D'un seul regard, elle embrassa la pièce.

Les capotes ? Sorties avec la poubelle.

Ses sous-vêtements ? Dans son sac.

Son cœur battait la chamade, mais elle parvint à sourire, aussi naturellement que possible :

— Salut, Cécile, tu as fait bon voyage ?

Cécile parut surprise un instant, mais si elle était contrariée, elle n'en montra rien.

— Je me disais que j'avais reconnu ta voiture garée devant. Qu'est-ce que tu fais ici ?

— Papa n'a pas internet, j'avais besoin d'une connexion rapide pour envoyer mes planches à mon assistante. Tom m'a invitée à passer.

Tom s'était levé, et Cécile approcha pour l'enlacer. Elle noua les bras autour de son cou, l'embrassa voluptueusement. Claire sentit ses tempes chauffer et détourna le regard. Cécile la narguait, elle le faisait exprès ! Était-il vraiment nécessaire de lécher le visage de Tom en sa présence ?

Ce dernier parvint enfin à prononcer une phrase, esquivant les baisers de sa fiancée :

— Je ne t'attendais pas avant demain, il s'est passé quelque chose ?

— J'ai eu envie de rentrer, c'est tout. Tu m'as fait de la peine quand tu as dit être jaloux de mon weekend au Nevada et j'ai réalisé que tu avais raison : au lieu de prendre des vacances avec mes collègues, je devrais rentrer organiser des vacances avec l'homme de ma vie.

Disant ces mots, elle descendit ses mains sur le jean de Tom, empoignant ses fesses. Il tressaillit et parut chercher quoi faire de ses propres mains avant de les poser, avec une réticence qui n'échappa pas à Claire, sur les hanches de Cécile.

— Je voulais te faire une surprise, je pensais te trouver seul, murmura cette dernière au creux son oreille.

— Claire, tu dors à Saint-Ferréol ce soir ? ajouta-t-elle à voix haute à l'intention de sa sœur qui repliait son laptop et débranchait son matériel.

Claire hésita. Son cerveau bourdonnait. Elle savait qu'elle était pâle, que sa nuque était moite. Ils étaient passés à un cheveu de la catastrophe... Si Cécile était entrée quelques heures plus tôt, ou plus tard, elle aurait pu les surprendre en pleine action sur le canapé. Elle aurait pu trouver des capotes ! La situation aurait été épouvantable.

S'il y avait un Dieu, il était intervenu pour protéger les amants adultères.

Pourquoi ?

— Oui, je rentre à Bruxelles demain, dit-elle finalement en réprimant les battements affolés de son cœur. Je partirai tôt et Tom a prévu de monter dans la matinée chez papa pour superviser l'arrivée de l'auxiliaire de vie.

Cécile jeta son sac à main sur le canapé et se dirigea vers le réfrigérateur pour y prendre une bière. Elle fit un signe silencieux à Tom, qui acquiesça. Claire refusa d'un geste du menton et son aînée entreprit de décapsuler deux Corona.

— Ah oui, Tom m'a expliqué. Merci de t'être occupée de papa, d'ailleurs. C'est vrai que sa situation s'est dégradée ces derniers mois, tu as pris la bonne décision. Comment est-ce qu'il va la payer ?

— Sa retraite, des aides et une partie par l'assurance. Ça va être un peu juste, mais de toute façon, il n'est plus en âge de faire des folies onéreuses.

Cécile but une gorgée de bière et sourit :

— C'est bien. Tu as assuré. Merci beaucoup, et merci d'être restée. La famille c'est le plus important.

Claire croisa le regard de Tom. Il était pâle, le regard fuyant.

Soudain, elle le trouva lâche et se mit à regretter qu'il n'y ait pas des capotes sales partout. Au moins, les choses auraient été dites !

Elle haussa les épaules :

— Ce n'est rien, c'était la moindre des choses… Alors, ce voyage aux USA ? Tu as mangé des cheeseburgers ?

— Haha ! Oui ! J'ai ramené trois sortes de beurre d'arachide, aussi. Quel pays incroyable ! Ça te plairait, Clarinette, les séquoias et la mer…

Claire n'écoutait plus.

Sa sœur s'était lancée dans un monologue enthousiaste sur les États-Unis, les américains et américaines, la qualité de vie, la relation au client sur place, la prime qu'elle toucherait pour avoir débloqué ce dossier à risque… et tout cela se perdait dans un brouhaha indistinct auquel la jeune dessinatrice ne prêtait pas attention.

Elle ne voyait que Tom.

Ses cheveux en bataille, dans lesquels elle aimait tant glisser ses doigts ; le pavillon de ses oreilles décollées, un détail anatomique dont il était complexé ; les grains de beauté sur son visage, un au-dessus sur sourcil gauche, un à côté de la narine droite, un sur le menton et deux côte à côte sous son oreille. Elle les avait comptés avec sa langue, la veille… ou l'avant-veille, elle ne savait plus exactement.

Claire réalisa alors qu'elle observait Tom avec cette intensité désespérée parce que c'était la dernière fois qu'elle le voyait. S'il ne disait rien à Cécile, s'il lui rendait ses baisers et pire, s'il lui faisait l'amour ce soir — sans capote, la merveilleuse Cécile n'était pas une petite salope qu'on tringlait en cachette, elle ! — alors elle ne le reverrait plus.

Elle quitterait cet appartement, ferait une bise à sa sœur, et s'éloignerait seule dans le couloir.

S'il ne parlait pas à Cécile ce soir, s'il ne lui parlait pas maintenant, c'était fini.

Le regard de Tom croisa celui de Claire et elle vit que ses paupières étaient rouges. Il avait compris. Elle lui avait adressé un ultimatum silencieux et il l'avait entendu.

Mais il ne trouvait pas le courage ni la force.

L'atmosphère dans l'appartement devint soudain pesante.

— Claire ?

— Hmmm ?

— Claire, je te demandais si tu restais dîner avec nous ? répéta Cécile en inspectant l'intérieur du réfrigérateur.

— Bonne idée, ajouta Tom. J'ai plein de restes. On doit pouvoir improviser quelque chose avant que tu ne remontes chez ton père. Passe la soirée avec nous ?

À quoi jouait-il ?

Pourquoi la torturer ainsi ? Est-ce qu'il espérait réellement qu'elle allait regarder sa sœur lui lécher le visage toute la soirée ?

Elle secoua la tête :

— Non, ne vous dérangez pas. Je vais remonter dîner avec papa. Je dois partir tôt demain.

— D'accord, c'est dommage. Je vais prendre une douche pendant que tu réunis tes affaires. Je suis crevée ! répondit Cécile sans paraître désolée le moins du monde.

« Quel dommage, mais tu peux partir, maintenant ». C'était du Cécile tout craché.

Claire serra les dents et saisit son sac :

— Okay, je vais commencer à charger la voiture.

— Je vais t'aider, dit Tom en s'emparant de l'écran.

— Pas la peine, répondit Claire. Je ferai plusieurs voyages. Reste avec Cécile, vous venez à peine de vous retrouver...

Le cynisme dans sa voix n'échappa pas à Tom. Il haussa les sourcils d'un air impuissant comme pour dire « je suis aussi désemparé que toi. »

Mais Claire n'était plus d'humeur pour son petit numéro. Il n'était pas malheureux, à baiser les deux frangines... tout ça serait sans conséquence sur lui.

Elle ne pouvait pas en dire autant.

Il lui désobéit et la suivit jusqu'à sa voiture en portant son écran. Le matériel fut rangé dans le coffre, qui claqua violemment. La voiture était visible depuis l'appartement, ils le savaient tous les deux, et ne dirent pas un mot de trop tant qu'ils étaient ainsi exposés.

Tom saisit la jeune femme par le coude et l'entraina dans le hall de l'immeuble, où il la contraignit à lui faire face :

— Claire, je ne savais pas qu'elle reviendrait si tôt ni qu'elle débarquerait chez moi sans prévenir. Il faut me croire !

— Achète-toi une paire de couilles, Tom Leroy ! cracha Claire, les yeux rougis de larmes amères. Il faut choisir, c'est elle ou moi !

— Il faut me laisser du temps, elle vient à peine de rentrer ! Je ne peux pas la larguer comme ça !

— C'est toi qui vois. Mais la décision que tu vas prendre ici, maintenant, il va falloir t'y tenir. En la baisant ce soir comme un gentil fiancé fidèle, il sera trop tard pour regretter.

— Écoute-moi. Je t'aime. Tu as toutes les raisons d'être furieuse et malheureuse, mais laisse-moi... laisse-moi arranger ça. Je ne peux pas juste mettre ta sœur à la porte, tu comprends ?

— Je comprends très bien, cracha Claire en se dégageant d'un mouvement sec. Je comprends que ta décision est prise. Adieu, Tom. Vivez heureux et ayez beaucoup d'enfants.

Elle tourna les talons et quitta l'immeuble pour prendre place dans sa voiture. Elle ne rentrait pas à Saint-Ferréol, ça serait impossible à expliquer à son père : elle allait devoir faire la route ce soir.

La perspective d'arriver à 4h du matin la fit grimacer, mais pas autant que celle de se retrouver seule avec ses pensées, à broyer du noir 9h durant.

Claire s'essuya les yeux et mit en route le moteur.

Il était temps d'avancer.

***

Georges ne put pas dissimuler son émotion lorsque Cécile dit son apparition dans la maison, lundi matin.

— Ma chérie ! s'exclama-t-il en la serrant dans ses bras, tu n'es pas aux États-Unis ?

— Je suis rentrée et j'ai ma journée pour récupérer, je reprends demain. Comment tu vas ?

— Ça va mieux, j'arrive à m'habiller tout seul. Tom et Claire ont déplacé ma chambre au rez-de-chaussée la semaine dernière. D'ailleurs où est Tom ?

— Il a échangé sa journée avec un collègue, comme j'étais là pour accueillir ton auxiliaire de vie avec toi ce matin. J'avais besoin qu'il économise ses jours de congés pour… un autre projet.

Elle sourit malicieusement et suspendit sa veste et son bonnet au portemanteau.

— Claire est déjà partie ? demanda la jeune femme, tendant le cou pour essayer de regarder dans la cuisine.

— Oui bien sûr, elle est rentrée à Bruxelles samedi pour son travail.

Cécile marqua un temps d'arrêt.

— Samedi ? Mais non papa, tu dois confondre, elle m'a dit qu'elle dormait ici la nuit dernière.

— Je suis peut-être vieux et infirme, mais je ne suis pas encore gâteux, jeune fille. Claire n'a pas dormi ici depuis vendredi. Tu veux un café ?

Un pressentiment, telle une alarme silencieuse, s'enclencha dans le subconscient de la jeune femme. Quelque chose n'allait pas. Où était Claire si elle avait découché ? Est-ce qu'elle avait eu un accident ?

Elle tira son téléphone et composa le numéro de sa sœur.

Après trois sonneries Claire prit l'appel, la voix ensommeillée :

— Allô ?

— Claire, c'est Cécile. Où es-tu ? Je suis avec papa, il dit que tu n'es pas rentrée hier soir, est-ce tout va bien ?

Il y eut un long silence, entrecoupé de respirations saccadées.

— Je dormais, là, finit par dire la plus jeune. Je suis rentrée hier soir. J'ai roulé presque toute la nuit !

— Rentrée à Bruxelles ? Pourquoi n'es-tu pas restée dormir chez papa comme prévu ?

— Je suis rentrée parce que je suis en plein bouclage et que rouler lundi m'aurait fait perdre une journée entière de boulot, voilà pourquoi ! s'énerva Claire. Ça te va comme explication ou il me faut ton autorisation pour circuler ?

Cécile demeura interloquée un instant puis reprit, à mi-voix :

— C'est bon, je… je m'inquiétais, c'est tout. Bonne chance pour ton album. À plus.

Claire laissa son téléphone lui échapper des mains et se retourna sur le matelas. Elle sentit monter des sanglots du fond de son ventre et ne chercha pas à les retenir, le visage enfoui dans l'oreiller.

— Claire, est-ce que ça va ?

Rosalie, encore en pyjama, s'était précipitée vers elle. Elle posa une main réconfortante sur le dos de son amie et l'attira contre elle. Claire accepta l'invitation silencieuse et se redressant hors de son sac de couchage, vint se blottir contre son épaule. Elle pleurait maintenant à chaudes larmes.

— Allons allons, chuchota Rosalie en lui frictionnant le dos, c'est quoi ce gros chagrin ?

Elle souriait à demi, aussi perplexe qu'amusée par cette crise de larmes sortie de nulle part. Claire avait débarqué chez elle au milieu de la nuit, s'était installé un couchage de fortune sur un matelas gonflable et à présent, elle venait de recevoir un appel de quelques secondes qui l'avait mise dans tous ses états. Il était temps de tirer cette affaire au clair.

— Je… je suis tombée amoureuse… sanglota Claire. D'un mec qui a une copine.

Rosalie pinça les lèvres :

— Pas bon ça. Enfin ça ne peut pas être si grave ! Un coup d'un soir, pas de quoi tomber amoureuse ! Il est sûrement retourné ronronner dans les bras de sa chérie, à l'heure qu'il est. Tu vas vite t'en remettre.

Cette petite phrase, destinée à alléger la peine de Claire, eut l'effet inverse. Ses sanglots redoublèrent et Rosalie, désemparée, s'empara d'une boîte de mouchoirs en papier.

— Il faut que tu me racontes, Claire, je ne t'ai jamais vue dans cet état. Que s'est-il passé, tu n'étais pas descendue en Haute-Savoie pour une cérémonie en mémoire de ta mère ?

— Le fiancé de ma sœur… parvint à articuler la dessinatrice. Le putain de fiancé de ma sœur. Ce n'est pas comme s'il allait sortir de ma vie !

Rosalie se redressa pour lui faire face, les sourcils froncés :

— Tu as couché avec le mec de ta sœur ? Mais t'es pas bien !

Elle n'était pas bien. Elle avait posé les yeux sur Tom Leroy et elle avait perdu la tête. Toute notion de morale, de famille, de principes, avait volé en éclats pour laisser place à la jalousie et au vice.

— Mais Claire ! s'exclama Rosalie, les yeux écarquillés, qu'est-ce qui t'a pris ?

— C'est Tom, Rosalie… Tom Leroy. C'est… c'est l'amour de ma vie…

— Oh, arrête ton numéro ! L'amour de ta vie ? Un mec que tu as croisé pour la première fois la semaine dernière et qui est visiblement un sale con infidèle et sans scrupules ? T'étais bourrée ou quoi !

Rosalie se leva, minuscule du haut de son mètre soixante, les poings sur les hanches.

— C'est pour rester avec lui que tu as prolongé ton séjour et pris du retard sur tes planches ? C'est à cause de ce sale con que tu as quitté Riad ! Voilà pourquoi il était furieux !

— Je ne sortais pas avec Riad ! hurla Claire soudain furieuse, on ne sortait pas ensemble ! On était amis et colocs, et on baisait parfois, et ça se passait bien, mais il n'a jamais été question d'autre chose ! Pourquoi est-ce que tout le monde essaie de me faire payer ce qui m'arrive ? Tout le monde se croit en position pour me dicter mes sentiments ! Et Riad ! Et mon père ! Et ma sœur, et même toi ! Le seul qui me comprenne c'est Tom !

— Ah oui ? Et où est-il, ce fameux Tom, pendant que tu t'effondres dans mon salon ?

Claire hoqueta, incapable de répondre. Un filet gluant s'écoulait ses narines et elle n'arrivait plus à respirer, la gorge secouée de sanglots douloureux. Rosalie s'approcha et la prit doucement dans ses bras. La peine de son amie lui faisait mal au cœur… Que s'était-il passé, pendant ces derniers jours, pour que Claire, toujours si lumineuse, soit blessée à ce point ? Qui était ce « Tom Leroy » qui venait de lui briser le cœur avec une telle violence ?

— Excuse-moi, souffla la Bruxelloise. Je n'aurais pas dû dire ça. Je vais préparer du thé ; toi tu vas aller prendre une douche et t'habiller. Ensuite tu vas tout me raconter, du début, et on va trouver une solution, d'accord ?

La dessinatrice acquiesça, séchant ses larmes du plat de la main. Sur le matelas gonflable, son téléphone vibra.

« Tom » apparut sur l'écran.

Rosalie se mordit les joues.

— Tu ne devrais pas le prendre. Tu n'es pas en état. Laisse-le sur messagerie, on verra tout à l'heure ce qu'il avait à dire.

Mais Claire ne l'écoutait pas et s'empara du smartphone.

— Allô…

— Hé, ma puce. Est-ce que ça va ?

Il avait une voix profonde, comme chaude, au téléphone. Claire se laissa tomber sur le canapé et Rosalie se dirigea vers la kitchenette pour faire bouillir de l'eau, levant les bras au ciel en signe d'impuissance.

— Ça ne va pas, sanglota la jeune femme. J'ai roulé toute la nuit, j'ai à peine dormi, Cécile m'a appelée ce matin pour m'engueuler sur je-sais-pas-quoi et tu n'es pas là et tu me manques et je…

— Chhhh, Clarinette, je suis là. Je sais que cette situation est merdique, mais on va s'en sortir, je te le promets.

— C'est facile pour toi… où es-tu ? À Saint-Ferréol avec Cécile et papa ?

— Non, on a changé de programme. Elle est montée seule prendre le relai auprès de Georges et moi je suis parti travailler… Cécile a insisté pour que j'échange mes jours de congés, elle préfère que je sois libre vendredi. Je suis au cabinet, personne n'espionne. On peut parler librement.

Claire se mordit la lèvre pour réprimer ses larmes. Est-ce que c'était ça sa vie désormais ? Parler en cachette à un amant qu'elle partageait avec sa sœur ?

— Est-ce qu'elle va rester cette semaine avec toi ? demanda-t-elle enfin.

— Non, elle rentre à Lyon tout à l'heure, elle bosse cette semaine. Mais elle revient vendredi, donc je… ne pourrai pas t'appeler le weekend prochain.

— Ce sera inutile de m'appeler tout court, Tom. Je ne peux pas vivre comme ça, à mourir d'amour pour toi et attendre que tu te décides. Je… j'ai trop mal.

— Claire, attends…

Elle entendit distinctement son souffle accélérer. Sa voix avait perdu de sa belle assurance. La jeune femme ferma les yeux, indifférente aux larmes qui roulaient sur ses joues.

— Attend, répéta-t-il, je t'aime ! Je vais la quitter. Je te le promets. Je dois juste… trouver le bon moment. Elle est avec ton père aujourd'hui ensuite elle rentre à Lyon pour travailler… Vendredi. Je lui parlerai vendredi, d'accord ?

— T'es vraiment un pauvre type, souffla Claire. Le Tom Leroy de mes souvenirs était audacieux, insolent, intrépide et punk aussi… Tu as bien changé. Je te l'ai dit hier, déjà : c'est fini. Ne m'appelle plus.

— Claire, laisse-moi- !

Elle avait coupé la communication, et levant les yeux, elle croisa le regard de sa meilleure amie qui lui tendait une tasse de thé fumant.

Il y avait une telle tristesse sur le visage de Rosalie que Claire sut ce qu'elle devait faire.

Les doigts tremblants, elle ouvrit son répertoire téléphonique et bloqua le numéro de Tom.

Alors, à nouveau, elle se mit à pleurer.

***

Claire ne répondait plus à ses appels et Tom avançait dans la semaine avec un désespoir grandissant. Cécile à l'inverse, rayonnante, l'inondait de textos tendres et d'appels mielleux à toute heure de la journée. Il ne l'avait jamais connue si épanouie, ni si... collante. D'où lui venait cette passion soudaine ?

Peut-être n'avait-elle pas du tout changé d'attitude par rapport à lui. Peut-être qu'avant, il appréciait ses messages et ses petites attentions sexy au fil de la semaine. Peut-être était-ce lui, qui n'était plus le même.

Il avait l'impression d'être infidèle à Claire, englué dans une liaison dont il ne parvenait pas à se libérer.

Quitter Cécile alors qu'elle était enfin heureuse ? Après six mois à se fréquenter et trois à sortir ensemble, il l'avait toujours connue excessivement extravertie, toujours expansive, perpétuellement en démonstration... Comme si elle avait quelque chose à prouver au monde. Il avait vite compris qu'elle dissimulait sa dépression et son anxiété, derrière sa chevelure blonde et ses attitudes outrancières de *business woman* : fumer, boire, ne pas dormir, fumer encore, téléphoner bruyamment. Il avait été touché par sa vulnérabilité, par l'énergie qu'elle déployait pour ne pas s'effondrer et il avait revu la Cécile de son adolescence, déjà dévorée par cette dualité... littéralement l'énergie du désespoir ? Il avait voulu l'aider, lui apporter un soutien sincère et sensuel, amical autant qu'affectif, être le pilier sur lequel elle s'appuierait pour surmonter sa détresse.

Il en venait à questionner les raisons pour lesquelles il était sorti avec elle, au départ. Est-ce que c'était... un acte de charité ? Un acte de pitié ? Est-ce qu'il avait accepté ses avances pour se faire pardonner de lui avoir secrètement préféré sa cadette pendant toutes ces années ?

Tout cela sonnait à la fois trop juste et trop brutal pour être envisageable. Non, il n'était pas sorti avec Cécile selon un infâme calcul, mais bien parce qu'elle était charmante, ravissante, drôle, intelligente et objectivement : folle de lui. Elle lui mangeait dans la main, ça flattait son égo.

Ou alors, tout ça à la fois...

Tom se prit le visage dans les mains. Il avait perdu le compte de ses appels à Claire ; ça sonnait deux fois et ça basculait sur messagerie. Était-elle occupée ? Elle faisait la tête, c'était évident. Mais elle ne répondait plus à ses textos non plus, il en avait mal au ventre.

Elle l'avait certainement bloqué...

Il avait tout gâché.

Tant qu'elle était là, à portée de main, à portée de bouche, il comprenait la fragilité et l'immoralité de la situation, mais ça ne l'avait pas touché comme maintenant. Était-ce qu'avaient ressenti les musiciens du Titanic qui jouaient de leurs instruments tandis que sombrait le paquebot ? Un sentiment d'impunité, de détachement, jusqu'au point de rupture et soudain... la noyade dans des flots noirs et glacés ?

Le néant l'engloutissait à son tour. Claire ne répondait plus et il perdait pied. Il réalisait soudain qu'il avait aimé cette fille — puis cette femme — à en perdre la raison, en secret, pendant des années.

Parce qu'elle était la petite sœur de sa camarade de classe, il lui était interdit de l'approcher ; c'était la règle du collège ! Cécile, les amies de Cécile, la bande au complet... il aurait perdu son aura de chef de bande s'il avait fait mine de s'intéresser à une gamine de quatre ans leur cadette.

Le vétérinaire soupira en constatant que déjà à l'époque, son égo était bien fragile. Quelle importance avait-elle, « la bande », après tout ?

Par orgueil autant que par lâcheté, il était passé à côté de Claire Pasteur, la seule fille au monde à faire battre son cœur avec une telle violence. À cause de son égo mal placé, ils avaient perdu dix ans. Et lorsqu'il avait enfin fait l'amour avec elle, au lieu de retrouvailles et d'une célébration, l'acte s'était transformé en une passade adultère sur un coin de canapé. Leur passion était désormais tachée d'infamie.

Quel gâchis !

Il aurait dû vénérer cette femme, au lieu de la considérer comme acquise !

Et à présent, elle était repartie à 900 kilomètres, ne répondait plus à ses appels et il avait envie de mourir.

C'était déjà jeudi.

Chaque jour s'était écoulé plus morne que le précédent. Tom savait que Claire devait rendre ses planches le lendemain ; y était-elle arrivée ? Il aurait voulu lui envoyer des encouragements, la soutenir dans les dernières heures de travail acharné avant de retrouver un rythme plus humain.

Par son silence, la dessinatrice lui avait permis de prendre conscience du gouffre qui les séparait : il ne connaissait aucune de ses amies, ignorait tout de son colocataire en dehors du nom de ce dernier, ne savait pas où elle habitait. Il n'avait aucun moyen de la joindre.

Son e-mail ? Tom ne voyait aucune raison justifiant de le demander à Cécile ni à Georges. À la vérité, il aurait certainement pu trouver un prétexte pour questionner son beau-père, mais ajouter des mensonges à la liste de ses ignominies lui faisait horreur.

Tu parles. Tu as peur qu'il se comprenne ce qui se trame, surtout.

Son téléphone vibra sur la table et Tom se rua dessus, espérant un appel de Claire.

— Salut mon cœur, dit Cécile, et il réprima un soupir.

C'était de plus en plus difficile de tenir son rôle de gentil fiancé.

Il pensait à la quitter, tous les jours, vingt fois par jour, mais il ne trouvait pas les mots. Que lui dire ? Qu'il avait une liaison avec sa sœur ? Elle s'en prendrait à Claire. Qu'il avait rencontré quelqu'un ? Il faudrait inventer une maîtresse imaginaire et il n'en avait plus la force. Qu'il ne l'aimait plus ? Elle s'accuserait de tous les maux et replongerait dans la dépression.

Il blesserait soit l'une, soit l'autre, soit les deux, de manière incurable… il n'y avait tout simplement pas de formule moins pire qu'une autre et chaque jour qui passait rendait la chose plus odieuse encore.

L'inertie apportait un semblant de solution : en ne faisant surtout rien, les choses s'arrangeraient d'elles-mêmes : Claire ne l'avait-elle pas quitté ? La liaison avait donc pris fin, le dossier était clos et il n'avait finalement aucune raison de quitter Cécile. En ne changeant rien, elle n'en saurait rien, et la vie continuerait comme avant.

Pas comme avant.

Avant, il était heureux de ses moments avec Cécile Pasteur ; à présent, il avait goûté aux lèvres de Claire Pasteur et son âme en était bouleversée à jamais.

Il ne pouvait plus retourner en arrière.

À dire vrai, il n'en avait pas envie.

— Salut, parvint-il à articuler. Je… je travaille là. On peut s'appeler plus tard ?

— Je n'en ai pas pour longtemps, gloussa Cécile, je passe chez toi ce soir en vue du weekend, d'accord ? J'ai une surprise pour toi !

— Une surprise ? Qu'est-ce que tu manigances ?

— Tu verras bien ! À ce soir mon amour !

Elle était guillerette, et lui n'arrivait même pas à sourire. Elle l'appelait mon amour, mon cœur, mon chaton, et lui ne lui avait plus dit « je t'aime » depuis une semaine. Elle était tactile, cherchait sans arrêt à le câliner, et lui n'arrivait même pas à réagir à ses caresses. Sa bluette avec Cécile était bel et bien terminée… restait à le lui faire savoir sans mettre en danger ni elle ni sa sœur.

✳✳✳

Tom contemplait sa porte close. Derrière, il savait que Cécile l'attendait, avec sa « surprise ».

Il se sentait nauséeux. Il se sentait lâche.

De quelle surprise s'agissait-il ? Est-ce qu'elle allait le demander en mariage ? Est-ce qu'elle était enceinte ? Merde. Elle était sûrement enceinte.

Elle prenait la pilule pourtant… il fut alors frappé par le détachement dont il avait fait preuve vis-à-vis de ses conquêtes, jusqu'alors. Il s'était entièrement reposé sur elles pour gérer la contraception... après tout, il ne risquait pas grand-chose lui-même !

Avec Claire c'était différent, bien sûr. Elle était l'autre fille, une partenaire illégitime, ce qui excluait toute relation sexuelle non protégée.

Mais Cécile ? Ils ne mettaient plus de capotes, ils en avaient porté pendant quoi… deux semaines ? Elle assurait sa propre contraception et Tom n'avait jamais imaginé qu'il ait un jour à se poser la question. Il se la posait maintenant.

Et si elle avait oublié de prendre ses pilules ? Et si ça n'avait pas fonctionné ? Il savait qu'il était fertile, son ex Sophie était tombée enceinte une fois. Elle avait fait une fausse couche assez tôt pour que l'incident soit sans conséquence et il n'y avait plus pensé. Quel foutoir.

Fallait-il être le dernier des imbéciles pour s'imaginer qu'une grossesse, désirée ou non, ne le concernerait en rien ! Si Cécile était enceinte, il allait être concerné très vite. L'avoir trompée ne serait plus seulement mesquin, ça deviendrait impardonnable ; la quitter, pire encore.

Il était foutu.

Et pourtant, malgré sa culpabilité vis-à-vis de la pauvre Cécile, enceinte et bafouée par un amant menteur, séducteur et infidèle, ses pensées allaient à Claire. Elle ne lui pardonnerait jamais d'avoir engrossé sa sœur. Elle refuserait d'être la tante de l'enfant qui aurait dû être le leur ; elle le haïrait.

Il voulait des enfants, bien sûr. Mais pas comme ça, pas maintenant !

Avec Claire.

Mais Cécile était enceinte et avait probablement préparé toute une mise en scène chargée pour le lui annoncer.

« Essaie de sourire au moins, sombre con » songea-t-il, les larmes aux yeux, en poussant la porte.

Cécile lui sauta au cou, le couvrit de baisers, glissa les mains sous sa chemise.

— Bonsoir beau brun, roucoula-t-elle. Comment s'est passée ta journée ?

Elle s'interrompit soudain et recula d'un pas. Son sourire disparut.

— Est-ce que ça va ? Tu es tout pâle…

— Je… J'ai perdu un chien. Sur la table d'opération. La famille était dévastée, surtout les enfants.

— Oh, je suis désolée…

Cécile vint se blottir contre lui, dans une étreinte qu'elle voulait réconfortante. Il eut surtout envie de la repousser, écœuré davantage par lui-même que par la jeune femme.

Il devenait bon aux mensonges, c'était inquiétant. C'était facile de raconter cet incident déjà daté de plusieurs années comme s'il était du jour : les émotions d'alors lui revenaient distinctement, il n'avait qu'à laisser s'écouler les mots hors de sa bouche.

Au moins, il pouvait se permettre d'être taciturne ; elle comprendrait et ne demanderait pas d'explications.

Il se laissa aller à ce geste de tendresse, lui caressa les cheveux. Cécile s'écarta doucement et sourit :

— J'ai quelque chose pour te réconforter.

— La fameuse surprise, j'imagine ?

— Oui !

Elle recula de quelques pas, saisit son sac qui avait été négligemment jeté sur le canapé, fouilla à l'intérieur.

— Je nous ai réservé un weekend en amoureux ! À Amsterdam ! On prend l'avion demain matin de Saint-Exupéry, il va falloir se lever tôt. Qu'est-ce que tu en dis ?

Le soulagement de Tom fut tel qu'il crut que ses jambes allaient lâcher. Il prit appui sur le mur et sourit, un vrai sourire cette fois, libéré de l'anxiété qui lui tordait le ventre quelques instants plus tôt.

— Oh. Je ne… m'attendais pas à ça.

Au moins, c'était la vérité.

Cécile était rayonnante et commença à tirer de son sac des brochures sur Amsterdam en hiver, des photos imprimées de l'hôtel, un plan de la ville et une liste de musées et de visites guidées.

— Tu m'as dit cette petite phrase à propos de regretter de ne pas partir en weekend avec moi, l'autre jour... J'ai réalisé que tu avais raison. Je travaille trop. J'aimerais qu'on se voie plus, qu'on consacre davantage de temps l'un à l'autre. Est-ce que tu sais que papa voudrait rencontrer tes parents ?

— Oui, il m'en a parlé. Mais mes parents c'est compliqué...

— Il n'y a pas d'urgence, dit Cécile doucement, sentant que le sujet était délicat. Est-ce que tu es content ? Pour le voyage ?

— Je... oui, je suis content. Je n'aime pas trop les surprises, je m'attendais au pire. Un voyage, c'est bien.

Il sourit. Un voyage, c'était sans importance. On était loin des scénarios d'épouvante qu'il venait d'imaginer !

Encore étourdi par le soulagement, il suivit docilement Cécile qui sortait sa petite valise du placard.

Chapitre 11

Le soulagement était aussi de mise dans l'appartement de Rosalie, rue de la Barrière Saint-Gilles. Après une semaine de travail intensif, des litres de café et trop peu de sommeil, les quarante-huit planches de l'album étaient parties chez l'éditeur et les deux amies s'effondrèrent d'un même geste sur le canapé.

Claire n'avait pas eu le temps de s'apitoyer sur Tom Leroy, sur son sort ni sur sa sœur. Elle avait négligé son travail en restant une semaine chez son père et prit un retard qui coûta aux deux coloristes tout ce qu'elles avaient d'énergie et de bonne volonté.

Rosalie gérait la playlist et toutes deux avaient travaillé d'arrache-pied en chantant à tue-tête, se nourrissant de frites sauce andalouse et ne voyant presque pas la lumière du jour.

C'était fini.

Rosalie allait pouvoir reprendre les travaux d'illu qu'attendait un magazine féminin et Claire voulait avancer sur son projet d'album. Elle avait besoin d'une pause.

— Tu crois qu'il fait quoi, en ce moment ? dit-elle en se tournant vers la fenêtre d'un air rêveur.

— En tous cas il n'est pas derrière mon carreau, si c'est lui que tu espères voir dans la rue.

Claire soupira et Rose lui toucha doucement le genou :

— Tu ne crois pas qu'il faut avancer ? Tu as pris la bonne décision en bloquant son numéro. Je comprends que c'est ton amour de jeunesse et tout ça, mais aujourd'hui c'est surtout un lâche, infidèle et toxique. C'est un type qui trompe sa copine avec sa propre sœur. Et c'est à cause de lui que tu as pris tellement de retard sur ta colo. Si tu comptais pour lui, il aurait dû t'aider à avancer, au lieu de t'entrainer dans ses combines.

— Ce n'est pas de sa faute si je suis en retard, c'est moi qui ne suis pas sérieuse. Mais merci de m'avoir aidée cette semaine, sans toi je ne sais pas ce que j'aurais fait.

— Ne me remercie pas, tu vas me filer la moitié de ton maigre salaire, cocotte. Et je l'aurais pas volé !

Disant ces mots, Rosalie claqua les deux mains à plat sur le canapé et se redressa.

Elle s'étira voluptueusement et jeta un regard circulaire à la pièce.

— Maintenant que le problème de l'album est bouclé, il va falloir régler celui du logement. Tu ne peux pas habiter éternellement dans mon salon…

— Je ne peux pas non plus retourner chez moi. Il y a Riad !

— Il est peut-être calmé, depuis dix jours. Ça ne te dit pas qu'on passe une tête ? Vous avez été meilleurs amis pendant toutes ces années, je ne peux pas croire que vous ne puissiez pas vous réconcilier. Et moi j'ai besoin de retrouver 1 m² de surface au sol… regarde ça ! Y'a des affaires à toi partout !

Elle disait vrai : les sacs remplis par Riad à la va-vite et bazardés chez Rosalie sous le coup de la colère s'entassaient dans toute la pièce. Claire n'avait pas pris le temps de les organiser ni de les ranger : elle avait plus urgent à faire et de toute façon, cette situation était provisoire.

Mais à présent qu'elle pouvait respirer, et contempler le désastre de sa situation, la jeune femme ne voyait pas comment retrouver un semblant de vie normale : elle n'avait plus de logement, pas d'argent, et le cœur en miettes. Le silence de son téléphone la rendait malade.

C'était facile de jouer l'indifférence face à Rosalie, mais à la vérité elle n'en menait pas large. La voix réconfortante de Tom Leroy lui manquait tant qu'elle en avait mal au ventre.

Rosalie cherchait ses clés au fond de son sac.

— Allez Cocotte, on sort. On va marcher jusqu'à ton ancien appart ; Riad y est, j'ai envoyé un texto. Il nous attend avec des bières, vous allez discuter.

***

Claire avait encore sa clé et poussa la porte de l'appartement, cherchant Riad du regard. Il sortit de sa chambre pour les accueillir et Claire lui fit une bise unique sur la joue droite.

— Ça a été pour finir ton album ? demanda-t-il pour rompre le silence.

— Oui, grâce à Rosalie. On n'a pas arrêté, cette semaine. J'ai soudain plus rien dans les mains, ça fait tout drôle.

— Quel est le projet suivant ?

— Des illus pour la presse, en jeunesse. Ça sera plus léger.

Ils se turent. Claire n'était pas venue pour discuter de ses travaux à venir.

Elle saisit une bière sur la table basse et la décapsula.

— J'ai besoin de mon matos et j'ai besoin de place. Je veux récupérer ma chambre.

Riad détourna le regard :

— Tu veux revenir vivre avec moi, vraiment ? Qu'est-il arrivé à ton bel amant ?

— Riad, c'est aussi mon appartement ! La moitié des meubles sont à moi, il y a tout mon matériel, mon lit et mes affaires dans ma chambre… J'ai besoin de travailler et j'habite ici !

— Il ne peut pas t'héberger, Machin ?

Il pouvait. Elle l'avait envisagé, même.

Mais elle ne gratifierait pas Riad de cette réponse.

— Arrête, s'il te plaît. J'ai mon nom sur le bail, tu ne peux pas me mettre à la porte parce que tu es jaloux.

Rosalie se leva d'un bond et s'exclama :

— Je vais faire un tour, je vous laisse ! Je reviens dans 15 minutes, ne cassez rien. À toute.

Et sans attendre de réponse, elle s'enfuit dans le couloir et claqua la porte derrière elle.

Traîtresse.

Riad ne parlait plus. Il avait les joues rouges et le regard fuyant des hommes malheureux qui retiennent leurs émotions. Claire s'approcha.

— Je suis désolée, Riad, je… je ne partageais pas tes sentiments pour moi.

— Mais tu le savais, n'est-ce pas ? Que j'étais amoureux.

— Oui. Je crois. Je faisais en sorte de ne pas y penser, tout se passait si bien… À quoi bon tout gâcher avec des conversations pénibles ?

Le graphiste se leva comme pour s'éloigner d'elle et but une gorgée de sa bière.

— Tu en as bien profité. J'étais quoi pour toi, un sex-toy ?

— Hé ! s'offusqua Claire, ne joue pas les innocents, il faut être deux pour s'envoyer en l'air. T'étais pas en reste !

— Si tu le dis, répliqua le jeune homme, coupant court à la dispute. Alors on fait quoi ? Parce que je n'arriverai pas à vivre avec toi, partager tes soirées et tes petits-déjeuners et t'abandonner la nuit dans les bras d'un autre. Je n'y arriverai pas, Claire.

— Il n'y a pas d'autre. Il…

La voix de Claire se brisa en un sanglot et elle reprit, avec difficulté :

— Il a une copine. Je suis la salope, la briseuse de couple. On n'est pas ensemble et on ne le sera jamais.

Je suis la salope, la briseuse de couple.

Claire sentit son cœur se serrer et se prit le visage dans les mains pour étouffer les larmes qui lui brûlaient les cils. Elle avait le mauvais rôle, dans cette histoire. Tom Leroy ne serait jamais pour elle et elle était condamnée à vivre vide, loin de lui, en le sachant heureux — ou malheureux — avec Cécile. Elle ne savait même pas quelle perspective était la pire.

— Merde… Claire, je suis désolé.

Riad s'approcha et doucement, la prit dans ses bras. Elle se laissa aller contre son épaule, pleurant de tout son soûl.

— Est-ce que… je peux faire quelque chose ?

Elle releva la tête, les sourcils froncés dans une expression d'incrédulité. Est-ce qu'il avait le culot de lui poser cette question ? « Qu'est-ce que je peux faire » quand elle venait le supplier de ne pas la mettre à la porte ? C'était évident, non ?

Riad lut son désarroi sur son visage et fit une grimace :

— Tu n'as pas envie d'être en coloc avec un ex-amant qui n'attendra qu'une soirée alcoolisée pour tenter une approche, crois-moi. Je t'assure, c'est une mauvaise idée.

Mais je peux garder tes affaires le temps que tu trouves une nouvelle adresse. Je prends le loyer à ma charge, évidemment. Et je t'aiderai à déménager le moment venu. Tu crois que Rosalie pourrait…?

C'était vraiment fini, alors. Riad ne voulait plus partager son quotidien avec elle, il ne voudrait plus cuisiner à quatre mains, regarder des films de série B ou veiller toute la nuit en bossant sur ses designs tandis qu'elle crayonnait ses planches.

Bien joué, Claire.

Elle avait perdu Cécile, Tom et Riad en l'espace de quelques jours. Elle était vraiment la dernière des connes.

— Bien sûr, mentit-elle. Je peux rester chez Rosalie encore quelques jours.

— J'ai été con de balancer tes sacs chez elle l'autre fois. J'étais en colère, c'était ça où je cassais des trucs. Je t'aiderai à les rapatrier.

— Ça ira. On a rangé de toute façon.

Rosalie serait ravie (ou pas) d'apprendre que rien n'était résolu, que Riad et Claire restaient séparés et que cette dernière continuerait de squatter ses 30 m² jusqu'à nouvel ordre.

La jeune femme se leva, fatiguée d'avoir trop pleuré, fatiguée de devoir chercher un appartement, fatiguée d'être ballotée par la vie et par ses émotions.

Riad l'accompagna jusqu'à la porte.

— Claire… c'est qui ce mec? C'est qui ce mec, pour te briser le cœur, comme ça?

Un être insaisissable qui ne serait jamais à elle. Un mirage.

— Tom Leroy.

***

Cécile n'avait pas cessé de parler pendant le voyage à propos des visites à faire, des tarifs des tours sur les canaux, des locations de vélos, de la température, du danger de glisser des berges, de la condition des femmes dans le quartier rouge, des moulins, des tulipes et de mille autres choses que Tom n'entendait qu'à moitié.

Il avait passé la matinée avec le cerveau embrumé, et le réveil à quatre heures du matin pour se rendre à l'aéroport n'y était probablement pas étranger.

Il y avait autre chose.

Quelque chose au fond de lui. Comment appeler ce sentiment de malaise, l'impression d'avoir une décision à prendre, une intuition, une pulsion… mais ne pas trouver la force ? Sa conscience ? Sa conscience le torturait. Il n'arrivait pas à se réjouir d'un séjour romantique aux Pays-Bas, ni à partager les attentions dont le couvrait Cécile, ni même à faire semblant.

Son histoire de chien mort sur la table d'opération allait arriver à expiration sous peu ; un tel incident ne méritait pas de porter le deuil pendant trois jours !

Dans sa poche, son téléphone restait irrémédiablement silencieux. Il continuait d'envoyer des textos à Claire, telles des bouteilles à la mer, des fois qu'ils lui parviennent. Pourtant, il savait qu'elle ne lui répondrait pas. Elle avait pris une décision, la seule qu'il fallait prendre : elle lui avait claqué la porte au nez et contraint à faire face à ses propres contradictions et faiblesses.

Soit il lui courait après, se jetait à ses pieds et la suppliait de le pardonner, soit il la perdait à tout jamais. Il y avait un risque, réel, qu'elle ne le reprenne pas ; c'était peut-être trop tard… Il avait eu vingt fois sa chance de faire amende honorable, de tout avouer à Cécile ou à Georges, et de revenir vers elle, mais il avait laissé passer chaque occasion, soigneusement, comme délibérément. La peur de sauter dans le vide. La peur d'aimer ça ?

Maintenant que son téléphone gisait comme mort entre ses mains, il réalisait qu'il y avait pire que de sauter : il y avait l'inertie. Ne pas sauter.

Cet état de flottement entre la vie et la mort, l'immobilisme. Il sentait qu'il avait commis la pire erreur de sa courte existence ; il n'avait que 28 ans, il était trop jeune pour se laisser aller dans les eaux grises de la médiocrité. Il avait encore le temps d'aimer fort, de souffrir violemment.

Il fallait vivre.

Et soudain, il se jeta dans le vide.

— Cécile, dit-il doucement, interrompant la jeune femme au milieu de sa phrase.

Ils étaient dans leur chambre d'hôtel, un établissement romantique aux motifs art nouveau, donnant sur une petite cour silencieuse qui devait être charmante au printemps, toute fleurie de bulbes et de feuillages tendres. Cécile avait ouvert sa valise et rangeait ses affaires de toilette sur le lavabo de la salle de bain.

— Cécile, arrête ce que tu es en train de faire et écoute-moi.

Elle releva la tête, alarmée par la gravité dans sa voix. Tom ne souriait pas. Il se tenait debout dans l'embrasure de la porte et se tordait les mains comme s'il ignorait quoi en faire. Elle fronça les sourcils et soudain son pouls accéléra.

Une certitude la frappa soudain, tel un seau d'eau glacée.

Il allait la quitter.

Le regard de Tom était triste, et il fit son possible pour refouler ses larmes de honte et de chagrin, alors qu'il prenait la parole.

***

Claire se rua sur son téléphone lorsqu'elle le sentit vibrer dans son sac et ne put réprimer un soupir de déception en voyant s'afficher le nom de Cécile Pasteur sur l'écran.

Bien sûr que ce n'est pas Tom, pauvre idiote, tu l'as bloqué !

Devait-elle prendre cet appel ?

Avait-elle envie d'écouter sa sœur la sermonner sur l'état de santé de leur père ou s'extasier sur sa vie sentimentale merveilleuse ? Était-elle d'humeur à assister à son triomphe ? La tentation était grande de laisser basculer la communication vers sa messagerie vocale.

Et puis merde.

Claire fit glisser son pouce sur l'écran. Aussitôt, la voix de Cécile se déversa dans le haut-parleur ; sanglots, halètements. Souffrance.

— Attends, attends Cécile, je n'ai pas compris. Que se passe-t-il ?

Est-ce que papa était mort ?

— Il m'a quittée, Claire ! Cette espèce de salaud ! Je croyais que c'était le bon, je croyais qu'après avoir grandi ensemble, je croyais qu'après tout ce que nous avions partagé ses sentiments étaient sincères, mais il m'a quittée !

Le cœur de Claire manqua un battement.

Soudain fébrile, elle prit appui sur le dossier d'une chaise et s'assit dans le canapé de Rosalie.

— Qu'est-ce que tu dis ? souffla-t-elle, incrédule.

— Il me disait que je lui manquais quand j'étais en déplacement, alors j'ai pris des billets pour un weekend en amoureux à Amsterdam, mais... il m'a quittée à peine arrivés. Il s'est planté devant moi et il m'a dit qu'on ne pouvait plus être ensemble... Je...

Cécile pleurait à chaudes larmes ; ses phrases étaient désordonnées, entrecoupées de hoquets. Claire l'entendit renifler dans le haut-parleur. Elle eut le tournis et se contraignit à respirer lentement ; elle sentait son ventre se tordre, un nœud remonter dans sa gorge et son cœur battre fort dans ses tempes.

Tom a quitté Cécile... Mon dieu qu'est-ce que j'ai fait ? J'ai détruit la vie de ma sœur...

— Ce... Quand est-ce arrivé ? Est-ce que tu vas bien ?

— Non, je ne vais pas bien, Claire ! J'ai envie de mourir. Je suis tellement nulle, tellement nulle ! J'avais retrouvé la passion, le plaisir dans mon travail, je me sentais mieux, je voyais ma vie reprendre son cours et c'est le moment qu'il a choisi pour me planter un couteau en plein cœur ! Mais pourquoi...

— Où es-tu ? À Amsterdam ?

Claire essayait de poser des questions simples, parce que l'ensemble de leur situation était trop complexe pour être appréhendé d'une seule traite. Tant d'informations, tant de possibilités, tant de sentiments soudain libérés et une chaleur soudain, sous sa peau. Elle était à la fois éperdument désolée pour sa sœur et si égoïstement heureuse de cette nouvelle qu'elle ne savait pas si elle devait se réjouir ou se lamenter.

Cécile était en détresse.

— Oui, à l'hôtel, sanglota cette dernière et elle poussa un gémissement si long, si douloureux, que le cœur de Claire se brisa.

— Il m'a quittée, reprit-elle. Il m'a dit qu'il était désolé, blablabla, que c'était-pas-moi-c 'était-lui et ce genre de conneries que sortent les gens quand ils sont lâches et il m'a plantée là.

Claire prit une inspiration. Elle sentait ses mains trembler. Qu'avait dit Tom exactement ? Il n'avait pas pu parler d'elle à Cécile, sinon cette conversation se déroulerait autrement. Elle vida lentement ses poumons, réprimant le frémissement de ses lèvres. Tout son corps était secoué. Si elle n'avait pas été assise, ses jambes auraient flanché.

— Reprends du début. Qu'est-ce qu'il t'a dit exactement ? Vous étiez si bien ensemble quand on s'est vus à Saint-Ferréol, que s'est-il passé ?

Un tel déferlement de mauvaise foi lui fit honte. S'il y avait un enfer, elle venait d'y assurer sa place... Mais que pouvait-elle faire d'autre ? Retourner le couteau dans la plaie à vif de sa sœur ?

— Je ne sais pas, gémit Cécile, je ne comprends pas. Il était charmant comme toujours. On s'appelait tous les soirs quand j'étais en déplacement...Je n'ai rien vu venir ! Je croyais que c'était le bon, Claire. Je l'aime tellement...

— Je sais...Je suis désolée...Ça n'aurait pas dû se passer comme ça...

— Il m'a juste dit que ça ne fonctionnait pas, que les allusions de papa sur un mariage et des enfants lui avaient fait prendre conscience du décalage entre nos sentiments, et qu'il ne pouvait pas continuer à faire semblant. Je… Je me sens comme une merde. Pourquoi personne ne peut jamais m'aimer ? Est-ce que je ne mérite pas d'être aimée ?

— Cécile… Ne dis pas ça. On n'a pas toujours été très proches, on s'est beaucoup pris la tête, mais tu es ma sœur et tu es une fille formidable. Tu réussis tout ce que tu entreprends. Tu as des tas d'amis, un job terriblement difficile dans lequel tu excelles… Tom n'était pas celui qu'il te fallait…

— Et pourquoi pas ! s'écria Cécile au téléphone. Et si je jugeais qu'il était celui qu'il me fallait ? Est-ce que je suis condamnée à être malheureuse ?

— Non, non bien sûr… Tu… rencontreras quelqu'un qui te rendra heureuse, simplement, ça ne sera pas Tom…

— Mais je voulais que ça soit Tom ! Au lycée il fallait toujours qu'il drague toutes les filles, mais je l'ai attendu toutes ces années, et quand enfin il s'est intéressé à moi j'ai eu pour la première fois l'impression d'avoir réussi un truc dans ma vie, et évidemment je me suis merdée, comme toujours ! Mais qu'est-ce qui ne va pas avec moi !

Cécile parlait sans interruption à présent, déversant ses larmes, son dépit et sa colère auprès de Claire, qui s'était caché le visage dans les mains. Elle était le bourreau de sa propre sœur, pourtant c'était vers elle que cette dernière se tournait dans sa détresse. Pourrait-elle jamais lui pardonner ?

Pourrait-elle se pardonner elle-même ?

— Tout va bien avec toi, Cécile, tu es parfaite. Tom est un sale con et un lâche, voilà tout. Il ne te mérite pas.

À cet instant, elle le pensait vraiment.

Cécile l'agaçait souvent, avec son exubérance, sa réussite sociale, son accomplissement professionnel et sa façon insupportable d'être toujours meilleure qu'elle en tout. La chouchoute de papa !

Mais c'était aussi sa sœur unique, complice de son enfance, partenaire de ses fous-rires, meilleure ennemie, pire amie, un binôme terrible et passionné à la fois. Elles avaient passé des nuits d'été à se chuchoter des histoires, sous une tente plantée dans le jardin ; des après-midis à se vernir réciproquement les ongles des orteils, des parties de Monopoly qui finissaient en bagarres, des pots de glaces entamés à deux cuillères, des comédies sentimentales à n'en plus finir. Elles s'étaient aimées, déchirées, aimées encore, puis la vie les avait séparées.

Mais Tom...

Tom Leroy l'adolescent splendide à la mèche brune, Tom Leroy et ses premiers tatouages. Tom Leroy et ses cigarettes, Tom Leroy et sa mobylette ringarde dont il était si fier, Tom Leroy et son regard doux malgré ses yeux noirs, Tom Leroy et leurs premiers baisers, leurs premiers émois, leurs premiers cœurs brisés. Tom qu'elles avaient aimé, toutes les deux, pendant des années, et qui les déchirait aujourd'hui, par sa seule existence.

— Je crois qu'il avait une liaison, lâcha Cécile, et Claire sursauta.

— Qu'est-ce que tu racontes ? balbutia-t-elle, le cœur battant.

Est-ce que Cécile avait compris ? Qu'est-ce que Tom lui avait dit exactement ? Comment... comment avait-elle su ?

— Il n'a pas pu me donner d'explications, continua l'aînée. Juste une histoire de pression familiale et de sentiments pas réciproques. Je crois qu'il y a quelqu'un d'autre derrière ; j'ai trouvé des préservatifs chez lui l'autre jour, alors qu'on n'en met plus… Il ne m'a pas vraiment donné d'explication, quelque chose à propos d'une boîte retrouvée dans son placard. Je l'ai cru. Mais maintenant je pense qu'il me mentait.

Merde. Comment répondre ? Dis quelque chose, Claire !

— Si c'est le cas, peut-être que c'est mieux ainsi ? Combien de temps aurais-tu voulu faire des projets avec un sale con infidèle ? Je comprends ta déception… Mais si c'est vrai, ça confirme qu'il ne te méritait pas.

Cécile ne parlait plus. Elle sanglotait au téléphone et Claire ne trouvait pas les mots pour le réconforter. Elle avait honte à présent d'avoir si ardemment souhaité cette rupture. Elle savait qu'elle avait poussé Tom à le faire, avec des sextos, des ultimatums, du sexe et du chantage. Elle avait provoqué la détresse de sa sœur et tout ce qui arrivait à présent était entièrement sa faute.

Elle n'avait pas le droit d'en vouloir à Tom, c'était trop facile de jouer les gentilles quand elle était elle seule l'architecte de ce désastre.

Cécile était anéantie, et Claire était entièrement responsable.

— Je suis désolée, murmura-t-elle. J'aurais voulu que ça se passe autrement. Est-ce que je peux faire quelque chose pour t'aider ?

— Je ne peux pas rester à Amsterdam, la ville me fait horreur. Je ne veux pas rentrer à Lyon toute seule et retrouver mon appartement plein de… souvenirs de lui. Est-ce que je peux venir chez toi ?

— À Bruxelles ?

— Oui… C'est seulement deux heures de route. Je n'ai pas envie me retrouver seule et de me morfondre. J'ai…

j'ai pas mes cachets. J'ai envie de vomir, je ne me sens pas bien... S'il te plaît ?

Claire retint sa respiration.

Sa sœur appelait à l'aide. Il n'y avait qu'une seule réponse acceptable à lui donner.

— Bien sûr. Bien sûr, viens chez moi. Enfin chez Rosalie qui m'héberge, c'est... une longue histoire. Je t'envoie l'adresse par texto.

Chapitre 12

Tom tournait en rond à la recherche d'une place de parking ; le centre-ville de Bruxelles était engorgé, comme celui de toutes les capitales.

Il finit par trouver une place vers le métro Horta, ne chercha même pas s'il y avait un horodateur, et ouvrit Google maps sur son smartphone. Il arrivait d'Amsterdam avec un véhicule de location et une adresse donnée par Georges au téléphone.

« Peux-tu me communiquer l'adresse de Claire ? J'ai un truc à lui faire parvenir. »

Un truc… son cœur sur un plateau d'argent, en rampant pour qu'elle daigne lui pardonner d'avoir été le dernier des minables depuis deux semaines !

Elle ne répondait pas au téléphone, évidemment. Il était toujours bloqué. Pourquoi en serait-il autrement ?

Il avait roulé vite, probablement été flashé une fois ou deux, mais maintenant qu'il avait quitté Cécile, il devait revoir Claire. Il devait la revoir et lui parler, sans quoi il n'était pas certain d'y survivre. Une semaine face au silence méprisant de son téléphone et il n'était plus que l'ombre de lui-même.

Qu'elle le reprenne ou qu'elle le rejette, mais qu'ils en finissent !

Il se perdit un peu, prit deux fois la mauvaise direction, marcha dix minutes et trouva enfin la porte de l'appartement que Georges lui avait indiqué.

Il y avait un interphone, il sonna chez « Dahmani - Pasteur ».

— Oui ? répondit une voix d'homme, et Tom demeura interloqué un instant.

Il n'avait pas de plan, son cerveau était comme vide. Tout ce qu'il savait, c'est qu'il voulait retrouver Claire et se jeter à ses pieds. Qu'il y ait un homme chez elle ne faisait pas partie de l'équation.

— Bonjour, je… cherche Claire, dit-il simplement.

— Elle n'est pas là.

— Est-ce que vous savez où je peux la trouver ? Vous savez quand elle va revenir ?

Que Claire ne soit pas chez elle ne faisait pas non plus partie de son joli scénario. Peut-être était-elle partie en weekend à la campagne et il avait accouru à Bruxelles pour rien ? Son fantasme digne d'un film sentimental allait lamentablement flopper.

— C'est qui ? demanda encore l'homme inconnu dans l'interphone.

— Tom Leroy.

— Tom Leroy ?

L'autre avait répété ce nom avec une telle intonation de stupeur que Tom se demanda s'il n'y avait pas une erreur sur la personne. Un grésillement dans l'interphone lui indiqua que la porte était ouverte. Il ne se posa pas de questions et pénétra dans l'immeuble.

— Deuxième étage, fit une voix depuis le palier.

Il monta les marches quatre à quatre et fut accueilli par un homme séduisant au teint mat, au regard très noir, qui portait une veste en cuir et le toisait d'un air de dédain. Tom était perdu. Il s'interrompit au milieu d'une volée de marches, la main sur la rambarde.

— Vous êtes qui ? demanda-t-il avec un léger mouvement du menton.

— Riad. Son ex.

Ah merde.

Elle lui en avait parlé. Le fameux Riad, le colocataire-et-plus-parfois… évidemment !

Tom se passa une main dans les cheveux.

— Okay, c'est… super malaisant. Je cherche Claire, tu sais où je peux la trouver ?

Il était passé au tutoiement sans réfléchir. Entre ex-boyfriends, on n'allait pas faire de chichis !

— Tu lui veux quoi à Claire, connard ? Je l'ai ramassée à la petite cuillère hier soir et tu as le culot de te pointer la bouche en cœur comme si de rien n'était ?

— Je… veux lui demander pardon. Je veux juste lui parler.

— T'as pas son numéro ?

— Elle m'a bloqué, je crois. Elle ignore mes messages depuis une semaine…

Riad se pencha en avant, les bras croisés, dans une attitude menaçante. Il était moins grand que Tom, mais depuis le palier, il le dominait largement.

— Si elle t'a bloqué, il y a peut-être une raison, pauvre type. Je t'ai ouvert pour voir ta tronche, mais vu le mal que tu lui as fait, y'a aucune chance que je te mène à elle.

— Mais comment elle va, si mal que ça ? s'enquit Tom. Est-ce qu'elle a pu terminer son album à temps ? Est-ce qu'elle est entourée ?

— Tu veux savoir si elle est entourée ? répéta Riad, dont le ton avait perdu de son agressivité.

— Oui. Je… je sais que je me suis comporté comme le dernier des salauds. Je sais qu'elle m'a largement laissé mes chances, je sais que j'ai été un sale con de la prendre pour acquise, je sais qu'elle t'a largué à cause de moi et j'en suis désolé, et je sais que je lui ai brisé le cœur… plusieurs fois. Je voudrais savoir si elle va bien. J'espère qu'elle n'est pas seule. Qu'elle a des amis sur qui compter pour surmonter le mal que je lui ai fait.

— Et ta copine officielle, elle en pense quoi ?

Tom eut un mouvement de recul. Il sentit ses pommettes et le pavillon de ses oreilles cuire... Il eut honte.

— Elle t'a parlé de ça…

— Évidemment qu'elle m'a parlé de ça. Elle est anéantie. Tu as brisé Claire, un truc que je ne te pardonnerai jamais. Alors toi et ta belle gueule, vous allez faire demi-tour et repartir d'où vous êtes venus. Si Claire veut te revoir, elle te le fera savoir.

Mais Tom ne bougea pas. Il n'avait pas — enfin — trouvé la force de quitter Cécile, possiblement déchiré cette famille déjà fragile, et roulé d'une traite depuis Amsterdam pour se faire refouler devant la porte de Claire par un ex qui décidément, était un peu trop possessif.

— Écoute, cette histoire c'est entre Claire et moi. C'est à elle d'en juger. Tout ce que je demande, c'est une chance de lui parler. J'ai quitté Cé… j'ai quitté ma copine. Je suis amoureux de Claire à en crever et il a fallu qu'elle me claque la porte au nez pour en prendre conscience. Je me suis comporté comme le dernier des salauds, et si Claire ne veut plus de moi, j'accepterai sa décision. Si elle me rejette, les yeux dans les yeux, vous n'entendrez plus jamais parler de moi.

Riad fronça les sourcils et tira son téléphone. En quelques clics il avait composé un texto. Son téléphone vibra dans sa main et il leva des yeux noirs sur Tom.

— Je viens de dire à Rosalie que tu t'étais pointé tout échevelé devant chez moi et elle est d'accord de te laisser venir. Claire loge chez elle en ce moment, c'est à 500 mètres. Mais je te préviens, je viens avec. Et si tu fais du mal à Claire ou si tu tentes un truc de déplacé, je te jure que je te défonce.

Tom se pinça les lèvres. Il n'avait pas imaginé se retrouver face à Claire en présence d'un chaperon visiblement particulièrement remonté contre lui, mais c'était à prendre ou à laisser et à la réflexion, il avait sans doute mérité d'être secoué un peu.

Cécile était seule dans la chambre d'hôtel, à pleurer toutes les larmes de son corps... alors que lui sortait indemne de cet imbroglio. Si Claire le rejetait, il l'aurait mérité... et il aurait toute sa vie pour méditer sur ses actes et en tirer des leçons. Toute sa vie pour tenter de se remettre d'avoir perdu Claire Pasteur, la seule fille qu'il ait jamais aimée.

— D'accord.

C'était tout. Qu'y avait-il à ajouter ?

Mais Riad ne bougea pas, comme hésitant. Regrettait-il d'avoir cédé ?

Finalement, il vérifia s'il avait ses clés et claqua la porte de l'appartement :

— On y va. Mais si ça tourne mal, si tu la fais pleurer ou si tu fais le con, je te jure que tu regretteras d'être venu jusqu'ici.

***

Rosalie, adossée à sa porte, observait Claire qui tournait en rond comme un lion en cage.

— Je ne comprends pas, dit-elle. Tu es heureuse ou furieuse contre Tom ? Depuis tout à l'heure tu dis tout et son contraire.

— Je suis furieuse parce que c'est un salaud infidèle et lâche qui a brisé le cœur de ma sœur et le mien, et je suis soulagée parce qu'il a mis fin à leur relation qui était vouée à l'échec, et je ne sais pas si j'ai envie de le gifler ou de l'embrasser. Cécile est au bord du gouffre et c'est entièrement de ma faute. Je ne sais plus où j'en suis…

— Tu t'es comportée comme une intrigante arriviste dégueulasse et tu as mérité de souffrir un peu, je crois. Ne serait-ce que par retour de karma au vu de ce que tu as infligé à ta sœur !

Claire s'immobilisa, les poings sur les hanches :

— Oh, merci bien, Rosalie ! s'exclama-t-elle avec aigreur. Tout ce dont j'ai besoin c'est d'une leçon de morale, là tout de suite.

— Je crois que oui, dit Rosalie sans se laisser impressionner. Tu mérites qu'on te botte le cul, et tu le sais très bien. Si je n'étais pas là pour agiter les drapeaux rouges quand tu fais de la merde, qui le ferait ?

— Mais aide-moi au lieu de me laisser patauger, là ! Qu'est-ce que je dois faire ? Est-ce que je débloque le numéro de Tom ? Est-ce que je lui pardonne parce qu'il a enfin pris le taureau par les cornes, ou est-ce que je continue de lui faire la gueule parce qu'il a brisé le cœur de Cécile ? Je fais quoi !

— S'il était en face de toi, tu réagirais comment ?

— J'en sais rien ! gémit Claire en levant les bras au ciel dans un geste de frustration. Je lui mettrai probablement une paire de claques et ensuite je lui ferai l'amour sauvagement, c'est à devenir folle ! J'ai l'impression qu'on est plusieurs dans ma tête !

— Je crois que c'est le cas, marmonna Rosalie en roulant des yeux.

Elle jeta un œil à son portable qui venait de vibrer dans sa main.

— Riad est en bas, je vais ouvrir.

Claire fit une grimace :

— Riad ? C'est toi qui l'as invité ?

Mais Rosalie ne lui répondit pas. Elle était descendue ouvrir la porte.

Claire poussa un soupir et entreprit de trier ses vêtements en urgence. Puisque Riad passait par là, autant lui rendre quelques-uns des sacs qu'il avait jetés dans cet appartement la semaine précédente. Elle n'avait pas besoin de ses affaires d'été et il pouvait les stocker dans son ancienne chambre jusqu'à nouvel ordre.

La porte grinça dans son dos et elle ne se retourna pas, tassant petites robes et sandales dans une valise déjà pleine à craquer.

— J'ai préparé des sacs que tu peux ramener chez toi Riad, le temps que je trouve un appart.

— Il y a de la place chez moi pour tes affaires si tu veux, répondit la voix grave de Tom Leroy.

Claire poussa un cri de surprise et lâcha la valise, qui lui tomba sur le pied. Elle sursauta et fit un bond, soudain totalement désorientée. Que faisait Tom Leroy ici, face à elle, dans l'appartement bruxellois de Rosalie ? Aucun de ces éléments ne faisait sens.

— Tom ! s'écria-t-elle en grimaçant à cause du choc sur son orteil. Mais qu'est-ce que ? Mais comment ?

— J'ai quitté Cécile, dit-il simplement. Je t'ai perdue pendant une semaine et j'ai cru que mon cœur allait se dessécher. C'était comme perdre la moitié de mon âme. Alors je l'ai quittée, et je suis venu te chercher.

Claire resta sans voix, la bouche entrouverte dans une expression de stupeur.

Elle avait imaginé cette scène un millier de fois, ces derniers jours. Elle avait refait les dialogues dans sa tête ; ce qu'elle lui dirait, les insultes, les baisers.

Et maintenant qu'il se tenait devant elle, pour de vrai, avec ses mèches brunes et ses épaules larges et ses mains immenses, elle perdit le fil de ses pensées.

Son cœur battait fort.

Il lui avait tant manqué ! Elle croyait le haïr, elle croyait pouvoir surmonter son absence, mais en croisant son regard, elle sut qu'elle était perdue à jamais.

— Venir me chercher ? croassa-t-elle, le souffle court. Est-ce que tu as m'as prise pour une princesse en détresse ?

— Je n'ai pas réfléchi, Claire, j'ai agi par instinct. Tu me manques. Tu m'as manqué pendant treize ans, je l'ai compris la semaine dernière quand je t'ai perdue. C'était toi, depuis le premier jour… Ça a toujours été toi.

Claire sentit des larmes lui brûler les cils. Elle voulait lui résister, lui tenir tête, le punir pour le mal qu'il leur avait fait, à Cécile et à elle, mais son corps en avait décidé autrement. Elle sentit son ventre s'enflammer, son cœur battre trop fort, trop vite. Il était le seul homme sur terre à lui faire cet effet-là, et elle ne comprenait même plus comment elle avait pu survivre à son absence.

Perdre la moitié de son âme ?

C'était exactement son ressenti. Maintenant qu'il se tenait devant elle, elle avait l'impression de retrouver le soleil... la dernière semaine s'était déroulée dans un brouillard.

Quelque chose se rompit et l'armure qu'elle s'était forgée vola en éclat. Claire se mit à pleurer, le visage caché dans ses mains.

Doucement, Tom approcha et la prit dans ses bras. Claire se laissa aller à cette étreinte, la joue contre son épaule. Il la tenait contre lui, lui embrassa tendrement les cheveux.

— Ça va aller, mon amour, chuchota-t-il, ému lui aussi. C'est fini. Je suis là.

La jeune femme releva les yeux, croisa son regard, trop brillant lui aussi. Ses paupières étaient rouges, mais il souriait. Il se pencha en avant, et avec un frisson, lui prit la bouche.

Chacun de ses baisers avait une saveur de première fois.

Celle-ci ne fit pas exception. Il l'embrassa avec une telle tendresse, une telle abnégation, qu'elle s'abandonna entièrement, oubliant où ils se trouvaient, avec qui.

C'est une vibration de son téléphone qui la ramena à l'instant présent.

Claire se détacha des lèvres de Tom en balbutiant des excuses et saisit l'appareil qui vibrait dans sa poche.

C'était un texto. Cécile était en bas.

Claire s'arracha des bras de Tom comme s'ils l'avaient brûlé.

— Cécile ! dit-elle d'une voix blanche, je l'avais complètement oubliée !

— Quoi, Cécile ? demanda Tom sans comprendre.

Claire n'eut pas le temps de répondre. La porte de l'appartement s'ouvrit et Cécile entra dans la pièce, flanquée de Rosalie et Riad qui agitaient les bras d'un air paniqué.

La sœur de Claire n'avait l'air ni furieuse, ni agitée, mais elle se figea en apercevant Tom Leroy au milieu de la pièce.

Elle fronça les sourcils, plus perplexe que fâchée.

— Tom ? dit-elle, mais qu'est-ce que tu fais ici ?

***

Et soudain, elle comprit.

Toutes les pièces du puzzle, qui la travaillaient inconsciemment sans qu'elle ne parvienne à mettre des mots sur son malaise, s'imbriquèrent d'un coup. Les préservatifs chez Tom ; le portrait de lui signé CP19 qu'elle avait trouvé dans la poche de son jean ; ce croquis tatoué sur sa peau, signé CP10 ; la présence de sa sœur dans l'appartement un dimanche soir, alors qu'elle avait dit à leur père qu'elle était repartie à Bruxelles.

Claire était pâle ; son cœur cessa de battre.

Cécile se couvrit la bouche dans un geste d'épouvante.

— C'était toi ! éructa-t-elle soudain. C'était toi depuis le début ! Espèce de salope !

— Cécile, attend, je suis désolée, je...

« Je » quoi ?

Ce n'est pas ce que tu crois ?

C'était un accident ?

Quelle phrase pouvait dire Claire, à cet instant, qui ne soit pas un parfait cliché de Vaudeville dans lequel elle tenait le mauvais rôle ?

Elle ne dit rien, Cécile ne lui en laissa pas le temps.

— Tu as couché avec mon mec, sale petite pute ! Et tu as eu le culot de jouer les étonnées tout à l'heure, « je suis désolée Cécile, c'est un salaud infidèle qui ne te méritait pas » ! Mais tu arrives à te regarder dans un miroir ?

Claire détourna les yeux, muette... La colère de Cécile était légitime et elle-même avait mérité ce flot d'insultes. Alors elle serra les lèvres et accusa le coup.

— Répond-moi ! hurla son aînée, perdant totalement son sang-froid, dis quelque chose ! Quelle est ton excuse ? Tu comptais faire quoi quand j'allais arriver, me servir un chocolat chaud et me taper dans le dos, espèce de foutue hypocrite !

— Cécile, ça suffit, intervint Tom.

Elle se retourna vers lui, écarlate, les dents serrées. Tout chagrin avait quitté son visage, laissant la place à une fureur indescriptible :

— Ne prononce pas mon prénom, pauvre type ! Connard ! Tu t'es tapé ma sœur ? MA SŒUR ! Tu l'as baisée chez mon père, quand j'étais là ? Tu l'as baisée les soirs où tu m'appelais aux USA ? Mais ça fait combien de temps que ça dure votre petit secret, là ?

— Ça fait treize ans, dit calmement Claire.

Cécile pivota sur ses talons pour faire face à sa sœur :

— De quoi ?

— Ça fait treize ans, répéta Claire en redressant les épaules. Ça fait treize ans que Tom et moi, on s'aime à en crever et qu'on n'arrive pas à être ensemble. Je suis désolée que tu te sois retrouvée au milieu, Cécile. Vraiment.

Cette phrase parut tellement absurde à Cécile qu'elle ne parvint même plus à crier. Elle resta interloquée, les sourcils froncés, et fit un geste d'impuissance des deux mains :

— Treize ans ! Mais tu me prends pour une conne ? Tu as 24 ans, tu crois que je ne sais pas compter ?

— C'est la vérité, dit Claire alors que Tom approchait d'elle et lui prenait la main. Je n'ai rien à dire pour ma défense et je n'ai aucune défense. Ça aurait dû se passer autrement, je suis désolée de t'avoir infligé ça. Je suis simplement désolée… J'espère qu'un jour, tu sauras nous pardonner…

— Vous vous êtes bien payé ma tête, tous les deux ! Vous avez fait semblant de rien pendant l'enterrement de maman ? La bise, les retrouvailles, c'était une comédie ? Vous baisiez déjà !

— Non Cécile, intervint Tom, on ne s'était plus vus depuis presque dix ans, quand on est arrivés à Saint-Ferréol. On n'a rien calculé… C'est arrivé tout seul.

— Tout seul ! Tu as glissé sur une plaque de verglas et ta bite est tombée dans sa chatte ? C'est ça ton excuse ?

Sa vulgarité inhabituelle trahissait l'émoi de sa sœur et Claire pinça les lèvres. Elle avait honte. Tom ne répondit rien ; qu'y avait-il à répondre ? Il fallait être deux, pour baiser. Ils étaient coupables l'un autant que l'autre, et rien de ce qu'ils pourraient dire ne soulagerait Cécile de la douleur atroce qui lui nouait le ventre. Elle avait tous les droits de les haïr, ensemble.

— Je t'aime, Tom, reprit-elle la voix brisée. Moi aussi, je t'ai aimé pendant toute mon adolescence. Mais tu n'étais jamais pour moi, il y avait toujours d'autres filles… C'était à cause d'elle, déjà ? Tous ces râteaux que tu m'as mis, c'était déjà l'œuvre de Claire ?

— Ça a toujours été Claire, soupira le jeune homme, mais elle n'y était pour rien. Elle ne le savait pas. Ce n'était pas contre toi, vraiment. J'aurais voulu t'aimer comme tu m'aimais, te rendre heureuse, vivre quelque chose de simple. Je ne peux pas l'expliquer.

— Ah vous vous êtes bien trouvés, tous les deux... ligués l'un avec l'autre pour me pourrir la vie. Vous faites un beau couple.

Il y avait tant de mépris dans cette dernière insulte que Claire refoula ses larmes. Jamais elle ne retrouverait sa sœur. Quelque chose était rompu. Papa souffrirait tellement de les savoir déchirées... Elle était misérable, et minable.

— Je voulais t'épouser, tu le sais ? Porter tes enfants, vieillir avec toi, ajouta Cécile d'une voix éteinte.

Il acquiesça. Il le savait.

— J'ai refusé une offre d'embauche à San Francisco, pour toi. La semaine dernière, on m'a proposé un poste sur place, j'étais tellement heureuse ! Mais j'ai repensé à notre conversation, tout ce que tu disais à papa à propos de ne pas vouloir déménager à Lyon, et je me suis dit que tu ne me suivrais jamais. Alors j'ai refusé. Parce que tu étais le putain d'homme de ma vie, Tom Leroy !

— Mon Dieu, Cécile, tu aurais dû m'en parler !

Elle leva vers lui des yeux pleins de haine et de larmes :

— Ah ouais ? Et qu'est-ce que tu aurais fait ? Tu m'aurais quittée sous prétexte de ne pas m'empêcher de m'épanouir dans ma carrière ?

Elle avait fait mouche, Tom détourna le regard.

Cécile ne criait plus. Sa mâchoire tremblait, ses pommettes étaient rouges. Elle poussa un long gémissement et lentement, elle se laissa glisser au sol, où elle demeura prostrée, le visage enfoui dans les mains.

De longs sanglots agitaient ses épaules.

Claire avança lentement, et posa une main réconfortante sur son dos :

— Cécile… Est-ce que… je peux faire quelque chose ?

— Ne me touche pas ! s'exclama son aînée en se dégageant d'un mouvement brusque.

Elle se redressa, essuya ses larmes du dos de la main.

— J'ai assez vu vos tronches de lâches hypocrites et menteurs. Vous êtes minables. Félicitations, vous êtes faits l'un pour l'autre.

D'un geste, elle saisit son sac au sol et, sans leur jeter un regard, tourna les talons et prit la porte. Elle bouscula Rosalie dans le passage, qui fit à Claire une grimace impuissante. Elle et Riad avaient assisté à toute la scène.

Tom se passa la main dans les cheveux :

— Je ne peux pas la laisser partir, elle n'est pas en état de conduire. Et si elle plantait sa voiture sur l'autoroute ? Je vais la rattraper.

Sans attendre de réponse, il se rua à son tour vers la porte, mais Riad s'interposa :

— Je crois que tu en as assez fait, Leroy. Je ne suis pas sûr que tu sois celui qu'elle a besoin de voir, là tout de suite. Et toi, Pasteur, dit-il à Claire avec une grimace de dégoût, coucher avec le mec de ta sœur… Je ne te croyais pas comme ça.

D'un geste brutal, il repoussa Tom dans l'appartement puis dévala les escaliers pour rejoindre Cécile sur le trottoir. Debout dans la rue, elle pleurait à chaudes larmes, les épaules secouées de sanglots amers.

Lorsque Riad approcha, elle accepta le mouchoir qu'il lui tendait.

***

Tom et Claire demeurèrent un instant figés, comme sidérés, plantés à un mètre l'un de l'autre, n'osant pas bouger. Ils peinaient à assimiler la violence de ce qui venait de se passer. Ce fut Rosalie qui rompit le malaise : haussant les épaules, elle balbutia un « Je vous laisse. Je suppose que vous devez discuter » et quitta l'appartement à son tour.

Une déflagration.

Les regards de Claire et Tom se croisèrent, et soudain, ils furent l'un sur l'autre, assoiffés, éperdus, s'arrachant leurs vêtements, cherchant leurs peaux, leurs bouches, leurs mains. Ils firent l'amour violemment, à même le sol, comme pour libérer l'énergie contenue depuis des semaines. Claire s'agrippait aux épaules moites de Tom alors qu'elle sentait son souffle rauque dans son cou et elle poussa des cris au rythme des coups de reins qu'il portait, entre extase et libération.

Ils roulèrent sur le sol, échevelés et en sueur, et Claire vint se blottir contre lui et chasser du bout de la langue la transpiration salée sur la gorge de Tom.

— Je t'aime, dit-il en lui embrassant les cheveux.

Elle sourit, transportée de bonheur par cette déclaration, ces trois mots si simples et si doux, et l'idée dévorante que Tom Leroy était enfin à elle… et qu'il l'aimait.

Ils ne jouaient plus. On avait dépassé le stade de la drague, des sous-entendus, du désir.

On parlait d'amour.

Le regard de la jeune femme s'assombrit.

— Ma sœur va me haïr à jamais.

— Oui. Mais ça tu le savais depuis le premier jour. C'est une décision qu'on a prise ensemble et on fera face aux conséquences ensemble. Je parlerai à Cécile calmement, plus tard, quand elle sera prête à m'entendre. Tu avais raison : il valait mieux faire ça maintenant plutôt que la tromper des mois et foutre sa vie en l'air.

— Et maintenant ? dit Claire en se redressant pour chercher ses vêtements, éparpillés autour d'eux sur le sol.

— Viens habiter chez moi, dit Tom.

La phrase était venue toute seule. « Viens habiter chez moi ».

Depuis des mois qu'il sortait avec Cécile, aucun des deux n'avait franchi le pas. À croire qu'aucun des deux n'en avait vraiment envie.

Mais face à Claire, c'était une évidence. Il n'était pas sûr de pouvoir supporter d'être séparé d'elle à nouveau, après une décennie à survivre en son absence. Maintenant qu'il l'avait trouvée, plus question de risquer de la perdre.

Claire rougit.

— Mais mes affaires ? Et mon travail ?

C'était des prétextes, des objections de principe, venues d'une prudence spontanée qui rejetait naturellement l'idée d'un changement de vie si brutal. Et pourtant ? Aucune objection ne tenait la route ; on déménagerait les affaires. Quant au travail, elle avait démontré ces dernières semaines qu'elle pouvait bosser de n'importe où, tant qu'elle avait son matériel et une connexion internet décente.

Tom s'était relevé, avait enfilé son jean. Il vint se glisser derrière Claire, enserra sa taille, humant ses cheveux :

— J'ai perdu trop d'années à t'attendre. Je ne perdrai plus une seconde loin de toi. Viens habiter chez moi ? S'il te plaît ?

Alors, dans la chaleur de ce torse large contre lequel elle se sentait si bien, Claire ferma les yeux et s'abandonna.

— D'accord, souffla-t-elle alors.

Épilogue

Il faisait nuit quand la Peugeot de Claire franchit le portail de la propriété de Saint-Ferréol, mais la maison était illuminée, signe qu'elle était attendue. Une voiture qu'elle ne reconnut pas était garée dans l'allée, sans doute un véhicule de location. Cécile était déjà arrivée.

Claire n'était pas certaine d'avoir la force d'affronter la tempête. Est-ce que Cécile allait être furieuse ? Allait-elle être glaciale ? Et son père, serait-il poli ou méprisant ? Elle frissonna d'anxiété derrière le volant quand la main chaude et réconfortante de Tom Leroy, assis à côté d'elle, vient se poser sur la sienne.

— Ça va aller, mon amour, dit-il avec douceur. Je serai là tout le temps. Et si ça tourne mal, on rentre. D'accord ?

Elle tourna la tête.

Tom *fucking* Leroy.

Depuis l'incident de Bruxelles, un an auparavant, il ne l'avait plus quittée. Tom était resté tout le weekend avec elle et l'avait aidée à trier ses affaires. Ils avaient loué une camionnette et dès le lundi, Claire déménageait à Seynod, dans son appartement. Bien qu'ils ne sortent ensemble que depuis deux semaines, aucun des deux n'avait douté de l'urgence de cet arrangement. Ils avaient attendu treize ans ; ils n'attendraient pas une heure de plus.

Cécile refusait de leur parler, évidemment. Depuis un an, Claire n'avait eu de ses nouvelles que par leur père. Elle avait négocié l'offre californienne et dès le mois d'avril, elle partait s'installer à 6000 kilomètres, loin de ceux qui lui avaient si violemment brisé le cœur. Georges disait qu'elle était heureuse, là-bas ; qu'elle avait un bon travail, ne fumait plus, l'appelait souvent.

Lui-même peinait à comprendre comment le fiancé de son aînée s'était présenté un dimanche main dans la main avec sa cadette, mais il avait dû se rendre à l'évidence : ces deux-là étaient fous l'un de l'autre et, pour son plus grand plaisir, parlaient projets de mariage et bébés. Claire était radieuse, Cécile semblait tenir le bon bout et parlait d'un nouvel amoureux qui la comblait. Que demander de plus ?

Elle sourit, serra la main de Tom. Lentement, il se pencha vers elle et lui donna un long baiser, savourant sa bouche. Ils ne se lassaient pas l'un de l'autre, s'émerveillant du bonheur simple d'être ensemble. Se réveiller, tous les matins, contre la peau chaude de Tom Leroy était la plus belle chose que Claire ait connue. Elle aimait cet homme avec une passion telle qu'elle prenait parfois peur. Comment survivait-on à un tel amour ?

Heureusement, il semblait partager sa fougue et chaque retrouvailles, après une journée de séparation, prenait des allures de célébration. Ils ne se lassaient pas de leurs corps, de leurs bouches, de leurs sexes, s'aimaient à en perdre haleine.

— Tu es prête ? demanda doucement Tom.

Claire hocha la tête, et sortit de la voiture.

Elle ouvrit la portière arrière pour saisir les fleurs, laissa Tom porter la lourde boîte qui occupait une bonne partie de la banquette. Ainsi encombrés, ils montèrent les marches qui menaient à la porte d'entrée.

— Papa ! C'est nous ! lança-t-elle en pénétrant dans le vestibule.

À cloche-pied, elle retira ses chaussures tandis qu'à sa gauche, le frottement familier des chaussons sur le carrelage annonçait son père. Elle sourit en l'apercevant, tendit la joue pour lui faire une bise, mais son visage se raidit en apercevant Cécile, qui arrivait du salon.

— Salut, dit-elle poliment.

— Salut, répondit Cécile, sans sourire. Vous... avez fait bonne route ?

— On arrive de Seynod, tu sais. Ce n'est pas bien loin. Je n'habite plus Bruxelles...

— Ah, oui.

— Comment tu vas ?

— Ça va. J'avais oublié le froid. On s'acclimate vite au soleil de Californie.

— Et ton travail, ça te plait toujours ?

Le visage de Cécile s'illumina et Claire fut heureuse de constater que sa sœur avait l'air plus sereine qu'elle ne l'avait jamais été. Sa nouvelle vie aux États-Unis semblait lui réussir. Après tant d'années de galères et de désillusions, Cécile avait bien mérité sa part de bonheur !

— Ça me plait, oui. Je n'envisage pas de rentrer dans un futur proche, mon entreprise m'a fait une demande de visa permanent.

Claire allait répondre quand la boîte dans les bras de Tom poussa un jappement aigu.

Georges sursauta :

— Mais qu'est-ce que ?

Tom sourit, déposa le grand carton au sol :

— C'est pour toi, Georges. On se disait qu'il était temps de remettre un grain de folie dans cette grande maison vide.

Il souleva le couvercle et un petit chien noir se dressa sur ses pattes arrière en agitant la queue. Le vieil homme, ému, se pencha vers l'animal et le souleva dans ses bras. Il fut aussitôt assailli de coups de langue affectueux, et dut l'éloigner de son visage en riant.

— Mais quelle merveille ! Mais Tom ! Merci mon garçon… Il est… il est parfait.

— Il est déjà vacciné, je t'ai apporté son carnet de soins et ses papiers. Il ne reste plus qu'à lui donner un nom.

— Je crois que ce petit père a une tête de… Arnold. Hein mon pépère ? Tu es un bon chien.

Couvrant le chiot de caresses, Georges le transporta jusqu'au salon, devant la cheminée où craquait un bon feu. Claire sourit, le cœur gros. Le bonheur de son père faisait plaisir à voir. Doucement, la main de Tom vint se glisser dans la sienne et son pouce caressa sa paume.

Cécile détourna les yeux.

Il s'était écoulé un an et cette blessure-là lui faisait encore mal. Leur pardonner tout à fait prendrait du temps. Sans un mot, tous les trois se dirigèrent vers le salon, à la suite de leur père.

— Je crois que Marie-Jeanne serait heureuse de voir les femmes que vous êtes devenues, soupira Georges en souriant. Vous êtes toutes les deux heureuses, c'est la seule chose importante au monde… Cécile, ma chérie, est-ce que tu as annoncé la nouvelle à ta sœur ?

Claire, qui venait de prendre place tout contre Tom dans le canapé, releva la tête. Cécile leva sa main gauche, elle portait un diamant à l'annulaire.

— Je suis fiancée, confirma-t-elle en voyant les yeux effarés de sa sœur. Le mariage est prévu dans un an et demi, en Californie. Vous êtes invités, évidemment.

— Oh Cécile, félicitations ! Je suis tellement heureuse pour toi ! s'exclama Claire, qui sentit des larmes lui mouiller les cils.

— Je suis heureuse aussi. J'ai l'impression qu'enfin... Enfin tout est à sa place. C'est bon de pouvoir se laisser aller sans avoir peur du lendemain. Je me sens enfin sereine.

Claire essuya la larme qui perlait sous sa paupière. Cécile disait vrai : la liberté l'avait métamorphosée. Le bonheur lui allait merveilleusement. Tom l'attira à lui et Claire se détendit dans ses bras alors qu'il lui embrassait la tempe. Elle sentit sa main qui glissait sur son ventre et vint mêler ses doigts aux siens.

Sous leurs mains, leur secret qui prenait vie.

Se laisser aller... sans avoir peur du lendemain.

Tout était à sa place.

Fin

Remerciements

Je dédie cette saga à Lucie et Emmanuelle, lectrices et relectrices de la première heure, ainsi qu'à Adam, Billie et Daisy qui se reconnaîtront.

Merci à ma sœur Marie pour ses précieuses anecdotes sur le métier de vétérinaire.

Spéciale dédicace à Fanny : « défi accompli » !

Vous avez aimé votre lecture ?
Découvrez les autres romans des éditions So Romance
disponibles en format papier et numérique.

Attraction
Tome 1 : Hélène
Hélène est perdue : elle n'arrive pas à trouver un nouvel emploi en tant que barmaid. Or, c'est tout ce qu'elle sait faire. Après une soirée de recherches infructueuses, elle sort dans un bar avec sa meilleure amie qui lui lance un défi : embrasser un inconnu. Prête à tout pour réussir au moins une chose dans sa journée, elle n'hésite pas une seconde et va embrasser un homme séduisant mais ténébreux qui reste seul sur le côté. Une erreur qui marquera sa vie à jamais... car débutera alors une relation difficile, tous les deux étant hantés par leur passé...

Les Louves de Rome
Tome 1 : Tiberius
Fille d'un puissant sénateur romain, Laelia voit son destin étroitement lié à celui de sa famille. Elle devra suivre les directives de ses aînés dans une Rome peuplée par l'ambition, où la trahison et les complots sont monnaie courante. Toutes ses actions seront guidées par l'honneur familial. Mais son monde s'écroule lors de sa rencontre avec Kaeso Tellus Aquila, guerrier romain assurant la sécurité de l'empereur. Dès leur premier regard, un amour sans précédent se déclare.

Passion d'été
Tome 1 : Les prémices de l'amour

Plus que deux mois avant de commencer ses études d'infirmière ! Laurène est plus motivée que jamais pour profiter de son été tout en gagnant de l'argent. Une occasion inespérée se présente à elle : la foire près de chez elle recrute ! Dès son premier jour, elle y fera la rencontre de Mathias, qui semble bizarrement la prendre en grippe... Pourtant, elle se sent irrémédiablement attirée par lui. Mais les traditions des forains sont différentes des siennes, Laurène s'en rendra vite compte. Entre son boulot et ses premiers amours, son été s'avèrera plus mouvementé que jamais !

The Beast
Le baiser d'une rose enflammée

Les habitants de Chicago vivent dans l'angoisse permanente dès que la nuit tombe sur la ville. Une sombre terreur règne en maître dans les ruelles... Mythe ou réalité ? Olympe en est sûre : la Bête existe et est la cause de ces disparitions. Elle redoute plus que tout de croiser sa route. Sa rencontre avec Eyden et Jason, deux hommes séduisants et totalement opposés, sera la cause de nombreux troubles et changera sa vie à jamais.

Pour en savoir plus
www.soromance.com

© Éditions So Romance, 2020 pour la présente édition

Éditions So Romance
159 avenue de la Couronne
1050, Bruxelles
www.soromance.com

D/2020/14.771/29
ISBN : 9782390451525

Maquette de couverture : Philippe Dieu
Photo : ©LightFieldStudios / iStock